Biblioteca J. J. Benítez

J.J. Benítez
Gog
Empieza la cuenta atrás

Planeta

Obra editada en colaboración con Editorial Planeta – España

© 2018, J. J. Benítez

© 2019, 2020, Editorial Planeta, S. A. – Barcelona, España

Derechos reservados

© 2022, Editorial Planeta Mexicana, S.A. de C.V.
Bajo el sello editorial BOOKET M.R.
Avenida Presidente Masarik núm. 111,
Piso 2, Polanco V Sección, Miguel Hidalgo
C.P. 11560, Ciudad de México
www.planetadelibros.com.mx

Adaptación de la portada: Booket / Área Editorial Grupo Planeta a partir
de la idea original de Opalworks BCN
Ilustraciones del interior: Archivo del autor, AP, Gradual Map, cortesía de
Lucy Pringle, © Benjamín Solari Parravicini
Ilustraciones de las retiraciones de portada: Gradual Map

Primera edición impresa en España en Booket: octubre de 2019
ISBN: 978-84-08-21651-3

Primera edición impresa en México en Booket: septiembre de 2022
ISBN: 978-607-07-8996-0

Impreso en los talleres de Litográfica Ingramex, S.A. de C.V.
Centeno núm. 162-1, colonia Granjas Esmeralda, Ciudad de México
Impreso en México – *Printed in Mexico*

Biografía

En 2020, Juanjo Benítez cumple 74 años de edad. En 2016 hizo cincuenta años en el periodismo. Ese mismo año además rebasó los cuarenta años en la investigación. Ha publicado sesenta libros, pero sigue siendo una incógnita para muchos lectores. ¿Quién es realmente el autor de *Caballo de Troya*? Gog desvelará un Juanjo Benítez que usted no imaginaba.

A Luisa López, Helena Carolina, Rufino Ortiz,
Joaquín Ortega y José Manuel Figueira,
que me animaron a novelar Gog

La historia de la Tierra consiste en largos periodos de aburrimiento y breves etapas de terror.

DEREK AGER, geólogo

Mi nombre es Yuno. Otros me llaman *Capitán*.

En realidad no importa quién soy.

Me han pedido que sea el conductor de la presente y supuesta historia.

Debo adelantar que algunos de los hechos aquí expuestos no han ocurrido (todavía...).

Una de los protagonistas de *Gog* se llama Stare.

Se trata de una mestiza, nacida en la reserva india de los sarsis, al pie de las montañas Rocosas, muy cerca de Calgary, en la provincia canadiense de Alberta.

Stare significa «la que mira descaradamente».

Los sarsis, su pueblo, son una vieja tribu. Pertenecen al grupo de los *athapascan*. Poblaron el norte de Canadá desde tiempos inmemoriales, cuando el «Aro Sagrado sobrevolaba bosques y llanuras». Han emparentado con muchas otras tribus; especialmente con los pies negros. Durante siglos se dedicaron a la caza del búfalo y a la interpretación de los sueños. Los sarsis son especialmente conocidos por sus hechiceros o soñadores. Son capaces de «volar» con el pensamiento más allá de las estrellas y de comunicarse con los suyos a través de las ensoñaciones.

Stare ronda los treinta y dos años. Es una mujer bellísima en la que destacan unos ojos verdes y rasgados, su altura y su inteligencia. La piel es color bronce. Los cabellos, negros como el azabache, caen

hasta la cintura; casi siempre recogidos en dos tren-
zas. La nariz es breve, adornada con un anillo de
plata que la perfora. Se lo regaló su madre cuando
abandonó la reserva. Los labios son gruesos y sen-
suales, y los dientes pequeños y algo desordenados.
Aunque las manos son largas y delicadas, ella toca
primero con la mirada. Nada se le escapa. Sobre el
pecho, casi infantil, descansa un diente de oso, regalo de su padre.

Pero lo que hace especial a Stare son las plantas
de los pies y su capacidad para «volar» con la mente.

Nació con sendas estrellas de David en las referi-
das plantas de los pies. Los soñadores de la tribu
quedaron maravillados. Y ya, desde niña, «la que
mira descaradamente» se distinguió por su capacidad para observar las estrellas. Llegó a contarlas:
ocho mil (a simple vista).

Stare, además, es capaz de «volar» al interior de
cualquier cosa. Cierra los ojos, se concentra y da el
salto al fondo de una roca, de una flor o de una nube.

Stare es tranquila, pero terca como una mula. Si
decide algo, nada la apartará de su objetivo. Por eso
aquella mañana, al presentarse ante sus padres y
expresar que deseaba estudiar, Fuego Nuevo y No
English supieron que el Destino de Stare estaba trazado.

No English, padre de Stare, era blanco. Había
emigrado a las Rocosas. Allí trabajó como leñador y
trampero. Era un hombre recio, de escasas palabras, y todo corazón. Se enamoró de Fuego Nuevo y
no tardaron en casarse.

Stare fue llevada a Calgary. Allí estudió. Y la muchacha demostró un gran talento. Después pasó a
Cambridge, en Massachusetts. Su pasión seguían

siendo las estrellas. Tras doctorarse en Astrofísica, trabajó cinco años en el Observatorio Smithsoniano, así como en el Centro de Astrofísica de Harvard.

Se especializó en nebulosas.

Ahora trabaja en el Observatorio del Cerro Tololo, en las proximidades de La Serena, en Chile.

Es una de las responsables de la Cámara de la Energía Oscura, un dispositivo de gran precisión, montado sobre el telescopio Víctor Blanco, de 4 metros de diámetro.

Con Stare trabajan científicos de otras nacionalidades; especialmente estadounidenses pertenecientes a AURA (Asociación de Universidades para la Investigación Astronómica).

Stare y el resto de sus colegas (casi trescientos) se encuentran empeñados en un ambicioso proyecto. Lo han llamado el «Sondeo de la Energía Oscura», una singular y desconocida sustancia que provoca el alejamiento de las galaxias y, en definitiva, el «desgarramiento» del cosmos.

Para ello, Stare y el resto disponen de un delicadísimo sensor de imagen, ubicado en la Cámara de Energía Oscura, con un total de 74 dispositivos de carga acoplada. Con ello pueden rastrear el firmamento, detectando lo indetectable.

La energía oscura —según los científicos— representa el 70 por ciento de toda la masa y energía del universo, o mejor dicho, de todos los universos.

El proyecto de «Sondeo de la Energía Oscura» ha permitido la elaboración de un mapa de alta resolución con más de 200 millones de galaxias.

El equipo de Stare trabaja, básicamente, en cuatro grandes campos: investigación de ondas acústicas, lentes gravitatorias, supernovas Ia y grandes cúmulos de galaxias. Estos últimos, según lo detectado y cartografiado en el cerro Tololo, pueden alcanzar una masa superior a los mil billones de soles.

En definitiva, la cámara instalada en el telescopio Víctor Blanco es la más sensible del mundo, con notable diferencia. Con sus 570 megapíxeles, la Cámara de la Energía Oscura está capacitada para fotografiar a Dios, si es que existe. Eso dicen sus técnicos y científicos.

Hasta el momento, Stare y su gente han cubierto 5.000 grados cuadrados de firmamento, consiguiendo fotografiar millones de galaxias y ratificando la sospecha del genial Edwin Hubble: los universos se están expandiendo y a velocidades inimaginables (miles de millones de kilómetros por segundo).

YURI

De vez en cuando, Stare levantaba la vista y consultaba el reloj de la sala de control de la Cámara de la Energía Oscura.

—Ya debería estar aquí —susurró—. Yuri nunca se retrasa...

Y la mestiza regresó al monitor de control del telescopio. Varió las coordenadas y contempló, feliz, una segunda imagen de su nebulosa favorita...

Ascensión recta, 18 horas, 18 minutos, 48 segundos... Declinación, 13 grados, 49 minutos.

Y «M-16» surgió en la pantalla, bellísima.

La nebulosa del Águila se hallaba en esos momentos a 5.700 años luz de la Tierra.

Stare llevaba años estudiándola. Sabía que era un nido de estrellas. En esos momentos, el cúmulo reunía 460 soles y se alejaba de nuestro mundo a casi 65.000 kilómetros por hora.

Y la mestiza sarsi buscó por detrás de los «pilares de la creación», las gigantescas columnas de gas que distinguen a «M-16».

Activó el sistema ADONIS y exploró la zona con la ayuda del infrarrojo cercano.

Allí estaba...

Detrás de una de las «columnas» se presentó una galaxia con forma de feto. Pero lo más asombroso es que parecía crecer como lo hace una criatura humana.

Stare, maravillada, siguió fotografiándola.

Según el ordenador central, la galaxia-feto se encontraba a 40.000 años luz.

«¿Cómo es posible —se preguntó—. Tiene cabeza, tronco y pies... E, incluso, un cordón umbilical que le sale del vientre... ¡Dios mío! ¿Me estoy volviendo loca?».

Y la astrofísica verificó lo que ya sabía: la galaxia, con una longitud de millones de kilómetros, emitía un singular sonido. Eran ondas de radio que estallaban como los latidos de un corazón...

Stare volvió a consultar el reloj de la sala.

En ese instante entró Yuri.

Traía dos cafés humeantes y una hoja de papel entre los pequeños labios.

Depositó los vasos de plástico en la mesa de los monitores y se hizo con la hoja de papel. Después se sentó junto a Stare y la contempló en silencio.

Stare no la miró. Y siguió absorta en su descubrimiento: la galaxia-feto.

Yuri era coreana y ayudante de Stare. Era también astrofísica. Se hallaban embarcadas en el mismo proyecto, aunque a Yuri le interesaba más la composición de los «pilares de la creación». Sabía que cada columna es puro gas de hidrógeno frío y polvo interestelar, pero no lograba entender cómo de dichas columnas podía nacer una estrella.

—¿Has leído lo último? —preguntó Yuri.

—¿Qué es lo último? —murmuró la mestiza sin apartar la vista de la pantalla del monitor.

—Las abejas están desapareciendo...

Stare no respondió. Y Yuri se revolvió, inquieta, en la silla.

Su pequeño cuerpo, de apenas 1,50 metros, era puro nervio. Sólo los ojos, negros y rasgados, transmitían cierta paz. Las pecas corrían en desorden por una piel blanca y brillante. Siempre vestía de negro, a juego con sus cabellos y con el firmamento. Durante años había trabajado en el laboratorio del acelerador Fermi.

—Es asombroso —estalló la coreana—. Nada te altera...

Stare desvió la luz verde de sus ojos y miró a su compañera y amiga con perplejidad.

—¿Y por qué me iba a inquietar la desaparición de unas abejas?

—No se trata de la desaparición de unas abejas —y remarcó *unas abejas*—. Estamos ante un fenómeno más importante.

Yuri, entonces, procedió a leer parte de lo escrito en el papel:

—Según el laboratorio francés para la Salud de las Abejas, el despoblamiento de las colmenas en diecisiete países europeos es alarmante. El 33,6 por ciento de esas abejas ha desaparecido...

Stare la interrumpió:

—Hay pesticidas y agentes patógenos que pueden contribuir a su extinción...

—No lo dudo. Aquí habla de pesticidas neonicotinoides y de parásitos como el *Nosema ceranae* que sí matan a las abejas, pero la revista *Science* va más allá y plantea una emigración masiva de las abejas.

—¿Y cuál es la razón?

Yuri apuró el café y se encogió de hombros:

—Ése es el problema: nadie lo sabe.

—¿Y por qué te preocupa la desaparición de las abejas?

—Querida y despistada sabia: las abejas, al polinizar la agricultura, contribuyen al 35 por ciento de la producción alimentaria. ¿Imaginas cómo sería un mundo sin abejas?

Stare negó con la cabeza e hizo oscilar, levemente, el anillo de plata que le perforaba la nariz.

—Además de la hambruna desaparecerían las flores...

Y Yuri siguió leyendo:

—Para que te hagas una idea: en sesenta años, las colonias de abejas melíferas en Estados Unidos han pasado de seis millones a dos. Y algo similar está pasando en China y en Europa. Las abejas huyen...

A las cinco de la madrugada, el reloj de la sala de control del telescopio Víctor Blanco hizo sonar la primera alarma. El amanecer estaba próximo.

Stare recogió sus cosas y desconectó la Cámara de la Energía Oscura.

Yuri se despidió y se alejó.

La jornada de los astrofísicos estaba terminando.

Y Stare dedicó unos minutos a observar el desierto.

El sol, muy cercano, encendió los riscos y quebradas con una luz naranja. Y las estrellas se despidieron en la lejanía.

Después, todo se volvió rojo; incluso el silencio. Y la vida se puso en marcha en Coquimbo.

Stare abandonó el telescopio y caminó hacia el módulo que le servía de hogar.

El frío la acompañó hasta la puerta.

Y la enamorada de «M-16» se dispuso a descansar.

Pero, como tenía por costumbre, antes de acostarse dedicó una mirada a sus compañeros de habitáculo. Todo seguía en orden. En la pecera, sobre la pequeña mesa de la cocina, navegaba, erguido, un caballito de mar, amarillo y rayado, procedente del Caribe. Aparentemente se hallaba embarazado. En cuestión de días, el hipocampo podría dar a luz a 1.500 crías. Para asombro de Stare, el caballito era macho.

Más allá, en las paredes azules, la observaba una docena de fotografías en color. Eran imágenes de sus padres y de la reserva en las Montañas Rocosas, en Canadá. Allí estaba su corazón.

Besó con la mirada a Fuego Nuevo y a No English y desvió el verde de los ojos hacia la única ventana. En ese instante acertó a pasar una estrella fugaz con una larga cola azul. Stare entornó los ojos y se fue con ella.

Segundos después apagó la luz y el sueño la venció.

Una hora después, Stare despertó sobresaltada.

Se sentó en la cama e intentó pensar.

«¿Qué ha sucedido?».

Su madre —Fuego Nuevo— se presentó en un sueño. Eso, al menos, era lo que recordaba.

—Ven —le dijo—. Tengo que hablarte...

En la ensoñación, Fuego Nuevo se cubría con una gruesa y negra piel de oso. Ésa era su costumbre.

En la boca lucía una mano blanca pintada.

Una hermosa mariposa azul revoloteaba a su alrededor.

Y Stare se preguntó:

«¿Cómo es posible? En las Montañas Rocosas no hay mariposas azules...».

La responsable de la Cámara de la Energía Oscura sabía de la importancia de los sueños para su pueblo. Era la forma tradicional de comunicación cuando alguien se hallaba lejos. Fuego Nuevo carecía de teléfono. No le interesaba. Cuando necesitaba hablar con alguno de los suyos echaba mano de los sueños. Stare fue entrenada en ello desde niña. Y lo practicaba con regularidad.

Fuego Nuevo, además, era una notable soñadora. Así llamaban a los chamanes en la tribu de los sarsis. Su poder no se limitaba a sanar a las personas, los animales o las cosas. Ella, sobre todo, era una guía espiritual. Aconsejaba y predecía. Entraba en los sueños y descubría el problema que aquejaba al enfermo o a la persona angustiada.

Su pueblo utilizaba los sueños para todo: soñaban con los animales antes de cazarlos y preparaban la cacería en mitad de la ensoñación. Si era necesario comprar, primero lo ensayaban en sueños. Respecto al futuro, también aparecía en los sueños. Y «leían» dicho futuro.

Fuego Nuevo había heredado su poder de su padre, y éste lo recibió de su abuela. Y lo recibieron en sueños, de manos de un «mensajero del Aro Sagrado».

Fuego Nuevo aseguraba que era descendiente de Deganawidah, «el que piensa», también conocido como *el pacificador*. Fue un gran héroe entre los hurones, cerca de Kingston, provincia canadiense de Ontario. Deganawidah profetizó y consiguió el milagro de los milagros: la unión de todas las tribus del Canadá.

Stare estaba perpleja.

Su madre había viajado en sueños y la reclamaba.

Pero ¿por qué?

En su última carta todo estaba bien...

Stare caminó hasta la cocina y se detuvo ante la pecera del caballito de mar. La luz del desierto peleaba ya por ser amarilla.

La mujer acarició la pecera y el hipocampo embarazado, lejos de retroceder, se aproximó a los dedos de Stare. Y pareció que los besara.

Y, durante algunos segundos interminables, Stare ayudó a la luz del desierto chileno a vestirse de amarillo. Después regresó a la cama. Necesitaba pensar.

El sueño, como una nevada benéfica, volvió a cubrirla.

Y se registró una segunda ensoñación.

Primero apareció la hermosa mariposa azul. Era grande como la palma de una mano. Volaba sin sentido y en mitad de una intensa claridad. Entonces, como llegada de lejos, se presentó Fuego Nuevo. Se detuvo a un paso de Stare y la miró. Presentaba el rostro oscurecido.

—Hija, ven —habló la madre con un extraño eco metálico—. He visto dos soles en un mismo día... Es el fin.

Y la mariposa azul se quedó quieta en el aire. Alguien la había clavado en la luz. Aleteó brevemente y murió.

—Hija, ven pronto —suplicó Fuego Nuevo.

Y la ensoñación terminó bruscamente.

Stare se incorporó en la cama. Sudaba.

Y volvió a preguntarse:

«¿Qué está pasando?».

Era obvio. Su madre, situada a miles de kilómetros, le rogaba que la visitara. Algo sucedía.

Pero ¿por qué había hablado de dos soles en un mismo día? ¿Qué quiso decir cuando se refirió al final? ¿El fin de qué?

Stare era especialmente intuitiva. Sabía que tenía que dejarlo todo y volar a Calgary.

Preparó la maleta y despertó a Yuri, su ayudante.

Necesitaba viajar a las Rocosas. Esa fue toda su explicación.

Yuri no hizo preguntas. Ella se ocuparía del trabajo en la Cámara de la Energía Oscura.

Y Stare abandonó el cerro Tololo. La luz del desierto ya era amarilla...

Stare detuvo el vehículo frente a la reserva sarsi.

Al pie de la barrera blanca y negra de las Rocosas tiritaba una familia de chozas de madera. Tiritaban en blanco, en amarillo e, incluso, en rojo.

Algunas cabañas se entretenían en pintar finas columnas de humo blanco. Y el humo, libre, era acogido por un cielo azul e impecable, casi de domingo.

Una de las chozas, pintada en rojo manzana, era la de Fuego Nuevo, su madre.

Al fondo, el larguirucho pico Assiniboine, con casi 5.000 metros, reclamaba para sí toda la atención. La nieve eterna y los cedros rojos eran sus vasallos.

Lagos azules y glaciares se disputaban el paisaje y separaban prudencialmente las tierras de los crees, de los plains, de los stoneis y de los pies negros.

En esa época, los arroyos se lanzaban —suicidas— sobre la hierba alta de las laderas.

La brisa del norte se enredó en los cabellos sueltos de Stare y la besó. Ella sonrió. ¡Cuántas veces se había perdido en aquellos bosques! ¡Cuántas veces la obligó No English a caminar cantando para evitar a los osos negros!

En lo más intrincado de las montañas «vio» la pereza de la osa y las injustificadas prisas del alce y de la marta. Sólo tenía que cerrar los ojos y proyectarse al lugar.

Algo más allá distinguió los mansos verdes del río de la Paz. Se alejaba, como siempre.

Y Stare regresó al presente. Su madre la esperaba.

Cruzó la alambrada de la reserva y detuvo la camioneta frente a una de las cabañas de color rojo.

No fue necesario llamar. Fuego Nuevo la estaba esperando.

Abrió la puerta y bendijo a la hija.

La hechicera la recibió con sus mejores galas: la camisa blanca de cuero, agujereada con 750 orificios; tantos como sarsis vivos. La camisa representaba la fuerza sobrenatural del Aro Sagrado, el Gran Espíritu de la pradera. Mientras la vistiera, sus palabras serían arropadas por la verdad. Stare lo sabía y se estremeció. Fuego Nuevo no vestía la camisa de cuero agujereada con frecuencia. Y la astrofísica dedujo que su madre tenía algo importante —muy importante— que decirle.

Los cabellos blancos aparecían sujetos con cuatro aros de corteza de cedro. Un quinto aro, igualmente rojo, colgaba sobre su pecho.

Los mocasines, de gamuza, habían sido cubiertos con púas de puerco espín, delicadamente teñidas de blanco y rojo.

En la mano izquierda portaba el bastón de soñadora: una larga vara de cedro con turquesas y madreperlas incrustadas.

Al sonreír, Fuego Nuevo mostró las encías sin dientes. Ahora contaba setenta años. Hacía tiempo que la bella dentadura había desaparecido. Pero los ojos de la hechicera de los sarsis conservaban toda la luz de las Rocosas. Eran infinitamente azules.

Stare se acomodó en la vieja cabaña y la recorrió, más que con la vista, con el corazón. Todo seguía igual. Las pieles de oso de su padre, fallecido años atrás, adornaban el suelo. Y en un rincón, las fotografías de Stare en el observatorio de Tololo.

Fuego Nuevo fue a sentarse en el centro de la estancia, frente a la hija, y encendió su pipa de cerámica, heredada de Diez Osos, su padre y jefe del clan de «Muchos caballos».

Durante algunos minutos, ninguna habló. No era necesario.

Y el humo dulce y denso del tabaco habló por ellas.

Stare recibió la pipa y aspiró profundamente. Después, al ponerla de nuevo en manos de la madre, procedió al segundo y obligado ritual: acarició el rostro de Fuego Nuevo con la mano izquierda, al tiempo que contaba las arrugas de la soñadora.

—¡Cien!

Fuego Nuevo sonrió desde el azul de la mirada y bendijo de nuevo a su hija.

Y así transcurrieron muchos minutos. Ambas se observaron con amor.

Concluida la ceremonia del tabaco, Fuego Nuevo se alzó y preparó un *pemmican*, el plato típico de las tribus de las praderas: carne de búfalo seca y pulverizada, sabiamente aderezada con bayas y tuétano fundido. La soñadora añadió media taza de uvas y roció el plato con sebo.

Comieron en silencio, como manda la tradición.

Después, la madre solicitó que Stare le pintara la mano sagrada sobre la boca.

Y Stare dibujó una mano blanca sobre el envejecido rostro de Fuego Nuevo.

Todo estaba listo.

Y la soñadora explicó a la astrofísica lo que bullía en su corazón.

—Todo empezó cuando fui visitada, en sueños, por un *dluwulaxa*.

Stare sabía a qué se refería. Un *dluwulaxa* era un ser luminoso que descendía del Aro Sagrado. Para los sarsis, y para la mayoría de las tribus de las Rocosas, estas criaturas eran dioses o servidores de los dioses. Desde tiempo inmemorial, el Aro Sagrado sobrevolaba las montañas y las praderas y descendía aquí o allá, proporcionando instrucción y comida a los indios. Así surgió el maíz. Fueron ellos —los *dluwulaxa*— quienes proporcionaron las primeras semillas y quienes enseñaron a sus ancestros cómo y dónde cultivarlo.

—Y el anciano —prosiguió la soñadora— me invitó a subir al Aro Sagrado... Y el Aro me llevó al cielo de los muertos.

Stare escuchaba, atentísima.

—Allí había mucha gente. Vi a tu padre y a todos mis parientes fallecidos.

—¿Viste a No English?

La madre asintió.

—Está vivo, pero es mucho más joven que cuando partió. No tendrá más de veinte años... Estaba guapísimo, y feliz. Todos, allí, estaban felices. Y todos trabajaban en algo. Tu padre cortaba leña en bosques inagotables... Es una tierra llana y verde, abundante en caza y pesca. Y el *dluwulaxa*, tras mostrarme ese cielo, me llevó a la presencia del Gran Espíritu. Y hablé con Él.

—¿Hablaste con Dios?

—Así es.

—¿Cómo es?

—No tiene forma. Es luz.

—Pero ¿cómo luz?

—Luz. Una formidable luz azul.

Stare se rindió y dejó que la madre prosiguiera.

—El Gran Espíritu me dijo que regresara y que contara lo que había visto. Todos estaremos vivos algún día, cuando muramos. Y me dijo también que el final de esta raza humana está próximo.

Fuego Nuevo encendió la pipa y contempló el rostro, atónito, de su hija.

—¿Eso te dijo?

Afirmó con la cabeza, al tiempo que dejaba escapar una nube de humo blanco. Y añadió:

—Entonces me mostró la Tierra. Y vi dos soles. Era el momento de la gran tribulación. Después llegó la oscuridad y la muerte.

Y Fuego Nuevo concluyó:

—Después desperté... Y lo hice angustiada. El sueño fue tan vívido...

Stare recordó la profecía de Wovoka, un indio paiute, nacido en Shurz, en Nevada, y fallecido en 1932. El iluminado había profetizado algo parecido, pero, lógicamente, nadie lo creyó. Wovoka aseguró que había sido arrebatado por un Aro Sagrado y que Dios le mostró el final de la humanidad.

Stare guardó silencio respecto a Wovoka e intentó bucear en el corazón de Fuego Nuevo:

—¿Y cómo interpretas tu sueño?

—Vi dos soles... Una gran desgracia se aproxima.

—Desgracia, ¿para quién?

La soñadora la miró, desolada. Su hija no había comprendido.

—Desgracia para el mundo —resumió con cansancio—. Ésa es mi interpretación.

Stare quiso restar importancia a la visión de la madre:

—Hay muchas profecías parecidas...

—Sí —intervino la soñadora—, los hermanos hopis también lo dijeron: «El Gran Espíritu afirmó que, si una calabaza de cenizas es arrojada sobre la Tierra, muchos hombres morirán y el fin de la vida, tal y como la conocemos, estará muy cerca».

—Sí —replicó Stare—, recuerdo la carta enviada por los hopis al presidente Nixon en 1970. En ella le advertían del grave peligro de las armas nucleares...

Fuego Nuevo negó con la cabeza.

—No, mi querida niña —insistió—. No se trata de eso. El fin del cuarto mundo no llegará por las bombas atómicas.

Dejó que el silencio rodara unos segundos y clamó:

—¡He visto dos soles...!

Y Fuego Nuevo confesó algo más:

—Después tuve otro sueño...

La hija, perpleja, no salía de su asombro.

—Días más tarde regresó el Aro Sagrado y los *dluwulaxas* me mostraron una batalla.

—¿Dónde te la mostraron?

—En el interior del Aro Sagrado. La guerra aparecía en una gran pantalla. Allí vi una estrella de seis puntas, una media luna y una cruz. Luchaban entre sí. La cruz era negra. Entonces se produjo un gran resplandor y llegó el silencio, la escasez y la muerte.

Stare comprendió. Su madre parecía hablar de una guerra entre árabes, judíos y occidentales. Otra más.

—¿Te dijeron cuándo será eso?

—Uno de los *dluwulaxas* aseguró: «La quinta guerra se cumplirá antes de que aparezca el segundo sol».

Eso era como no decir nada. Y Stare siguió interrogando a Fuego Nuevo.

—¿Qué más ocurrió en ese sueño?

—El segundo sol llegará desde el Oriente, eso dijo el ayudante divino: «No escucharéis el trueno... Y el segundo sol aparecerá acompañado de miles de luces. Él viene de lejos. Está muerto, pero trae la vida».

—No comprendo…

—Yo tampoco, mi querida niña, yo tampoco. Después, al descender del Aro Sagrado, el *dluwula-xa* gritó desde la puerta: «Dios desencadenará la guerra de la naturaleza para impedir la guerra de los hombres». Fin del sueño. Después me puse en contacto contigo. Ahora estás aquí. Bendita seas…

Dos días más tarde, cuando Stare y su madre meditaban sobre aquellos extraños sueños, la astrofísica recibió un correo electrónico de Kurt Birke, antiguo compañero del Centro de Astrofísica de la Universidad de Harvard.

Hacía tiempo que no lo veía, aunque seguía su trabajo en el CAHA (Centro Astronómico Hispano Alemán), en el sur de España.

En octubre de 1975, Kurt saltó a la fama por el hallazgo de una gran galaxia —Calar Alto 1—, ubicada a 10 años luz. Después, en febrero de 1992, Kurt y Ulrich Hopp descubrieron un asteroide (5879) al que bautizaron con el nombre de *Almería*. La piedra se encontraba a 1.600 unidades astronómicas de la Tierra (algo más de 240.000 millones de kilómetros).

«Almería» pertenece al grupo AMOR, unos asteroides cuyo semieje mayor es superior a 1 ua (una unidad astronómica = 150 millones de kilómetros). Es decir, una piedra sideral «no peligrosa».

Desde ese descubrimiento, Kurt se obsesionó con los meteoritos. En especial con los llamados *atón*, de órbitas menores a la de la Tierra y, en consecuencia, potencialmente peligrosos.

El entusiasmo de Kurt hizo posible que el CAHA terminara instalando un telescopio Schmidt, de 80 centímetros, en la sierra de Calar Alto, en Almería (España). Y el alemán se dedicó en cuerpo y alma a perseguir a los atón.

En los últimos meses, Stare había recibido puntual información sobre los descubrimientos de Kurt: de momento, un total de 158 asteroides, con diámetros superiores a un kilómetro, rondaban en las proximidades de la Tierra. Y Kurt añadía en cada comunicación: «grave peligro».

Stare leyó el correo con sorpresa. Decía así:

«Necesito verte con urgencia. Es grave. Pilar y yo estaremos en la casa de Samaná la próxima semana. Estás invitada. Dime algo».

Era la segunda vez que la reclamaban, y en poco más de una semana.

La mestiza respondió intrigada. Y preguntó el porqué de tanta urgencia. Kurt replicó con evasivas. E insistía en que «el asunto es especialmente grave». En los sucesivos mensajes, el alemán aclaró que se trataba de un asunto «puramente profesional, nada personal».

Aquello confundió aún más a Stare.

¿En qué nuevo lío se había metido el bueno e impulsivo de Kurt?

Y Stare preguntó a la intuición. La bella respondió afirmativamente: «Acude a la cita».

La mestiza hizo los cambios necesarios y el 13 de marzo aterrizó en el aeropuerto Arroyo Barril, en la península de Samaná, al norte de la República Dominicana.

Kurt y su esposa la esperaban impacientes.

El día había asomado gris plomo, con panzudas nubes sobre la mar. Una suave brisa terrera rizaba el azul turquesa del Caribe.

Eran las nueve de la mañana.

Kurt la besó con cariño. El alemán, algo mayor que Stare, había perdido peso. En realidad era un saco de huesos, animado por una sonrisa casi permanente e hipnotizadora.

Stare lo examinó con curiosidad.

La calvicie lo devoraba. Pero él, obstinado, había dejado crecer las patillas hasta casi el nacimiento de su sonrisa. Unas gafas amarillas descansaban, seguras, sobre una nariz aguileña y feliz como un poni en las praderas de las Rocosas.

Kurt hablaba un inglés colegial, pero suficiente.

Stare, inquieta, lo interrogó mientras caminaban hacia el aparcamiento.

Su amigo se limitó a mantener la gran sonrisa. Y los ojos azules de Kurt chispearon, cómplices.

No hubo forma de que hablase.

Kurt cargó la maleta de Stare en el Mercedes y arrancó el E-300 a toda velocidad.

Pilar, como siempre, se cansó de reprenderlo.

—No estás en Alemania —le reprochó—. Respeta las señales...

Kurt no escuchó. Le gustaba conducir a la máxima velocidad posible. Le gustaba la vida y, sobre todo, disfrutarla. Le gustaba observar las estrellas mientras oía a Beethoven o a Mozart y le fascinaba descubrir «asteroides asesinos».

—¿Qué sucede? —insistió la mestiza—. ¿Qué es eso tan grave que tienes que contarme?

Kurt le dedicó otra implacable sonrisa y dejó al aire unos dientes blancos y excesivamente adelantados.

—Dame unos minutos... Éste no es el lugar.

Stare, desconcertada, miró a su alrededor. El potente vehículo rodaba hacia la bahía del Rincón. ¿Qué tenía de malo aquel paisaje?

Stare y la mujer de Kurt cruzaron una mirada de complicidad. ¿Qué sucedía?

Pilar bajó los ojos y se negó a hablar.

Y, al llegar a Las Galeras, Kurt se desvió hacia el embarcadero de playa Rincón. Aquel no era el camino habitual a la casa de los Birke...

Minutos después, Kurt frenó bruscamente frente a un grupo de lanchas.

—Vamos... —animó el alemán.

Y el grupo saltó a una de las embarcaciones. Kurt cargaba un pequeño maletín negro y brillante.

Las mujeres se acomodaron en popa y el hombre arrancó el motor, enfilando la salida de la bahía.

Eran las diez y media de la mañana.

Stare no sabía qué pensar.

Kurt forzó el motor de la lancha y la hizo planear. Minutos después avistaron el cabo Samaná. Se hallaban a dos millas de tierra.

La mestiza se hacía mil preguntas. ¿A qué se debía el extraño comportamiento de su viejo amigo? ¿Por qué habían embarcado en la lancha? ¿Qué guardaba en el pequeño maletín? ¿Por qué tanto misterio?

Y Stare terminó rindiéndose.

A la vista del faro, Kurt apagó el motor y lanzó el ancla.

La barca quedó a merced de la brisa y de las curiosas y pequeñas olas de Samaná. Arriba seguían las amenazadoras nubes «panza de burra», cada vez más bajas y grises.

Kurt se sentó junto a las mujeres y, sin palabras, acompañado por su especial e interminable sonrisa, procedió a abrir el maletín.

Al abrirlo, la brisa dejó de empujar la lancha, y se asomó, curiosa, al interior. Y lo mismo hicieron las mujeres.

El alemán tomó dos fotografías de gran tamaño y cerró el maletín.

Y, cuando se disponía a mostrárselas a Stare, Pilar lanzó un grito, al tiempo que señalaba hacia la proa.

Kurt se puso en pie y la embarcación osciló.

—¡Ballenas!

Por la proa, en efecto, a cosa de diez metros, había surgido una pareja de ballenas jorobadas o *xibartes*. Era la época del apareamiento. Miles de cetáceos bajaban de las frías aguas de Groenlandia y del Atlántico norte hasta las bellas y azules profundidades de Samaná.

El macho, de unos diecinueve metros de longitud y más de treinta toneladas de peso, agitó las largas aletas pectorales y emitió un agudo sonido. Después se sumergió.

La hembra, igualmente blanca y gris, permaneció unos minutos con el pequeño ojo clavado en los intrusos.

Kurt solicitó calma.

—No hay peligro. Sólo son dos enamorados...

Y la jorobada terminó por sumergirse, dejando una estela de burbujas.

Stare, fascinada, preguntó a Kurt.

—Estamos al final de la época de apareamiento —explicó el alemán—. Cuando saltan y golpean el agua con las aletas o con el dorso, las ballenas «hablan». Esa hembra te ha estado mirando. ¿Os conocéis?

Kurt y Stare regresaron a popa.

—Ahora permíteme que te muestre algo —comentó el astrofísico mientras agitaba las fotografías.

Se las entregó y Kurt esperó pacientemente.

Stare examinó las placas con detenimiento. En cada una de las fotografías aparecían sendos puntos negros, casi imperceptibles, marcados por dos flechas rojas.

Stare levantó la mirada y buscó a Kurt.

—No sé... Esto podría ser cualquier cosa.

—Es Gog —adelantó el astrofísico, que, súbitamente, había perdido la sonrisa.

—¿Gog? ¿Qué es Gog?

—La magnitud es de 19,5...

—Muy débil —terció Stare—. Pero ¿de qué demonios se trata?

El alemán parecía no haberla oído. Y siguió a lo suyo, proporcionando datos:

—Fue detectado hace una semana. Se utilizó un TIMMI, según tengo entendido.

Stare sabía que el TIMMI es una cámara espectrómetro, enfriada hasta −260 grados con helio líquido y que permitía trabajar en el infrarrojo. Algunos telescopios, como el suyo, en el cerro Tololo, disponían de este avanzado sistema fotográfico.

—El campo —prosiguió Kurt— es de 83 segundos por 83 segundos, con una resolución de 0,0455 píxe-

les. Las tomas, según me han informado, se obtu-
vieron en filtros anchos, centrados en el verde...

—Lo imagino —susurró la mestiza—. Pero ¿qué
es? Mejor aún: ¿por qué es tan importante?

Stare rectificó sobre la marcha y planteó la pregunta clave:

—¿Por qué es tan grave?

Kurt no respondió, y señaló el pie de las imágenes.

—Sí, habla de los malditos filtros... En verde y a
5.100 y 5.300 Å. ¿Y qué? Te he hecho una pregunta
concreta. ¿Por qué Gog, como tú lo llamas, es tan
grave?

Un nuevo macho de jorobada amaneció por estri-
bor, desviando la atención de los ocupantes de la pequeña lancha blanca.

La ballena tomó impulso con las aletas caudales
y saltó fuera del agua, cayendo con estrépito sobre
el dorso. Una, dos y tres olas se arrancaron hacia el
barco, haciéndolo gemir e inclinándolo peligrosamente.

Detrás, a un tiro de piedra, aparecieron otros
dos machos, largos como catedrales. Y saltaron con
furia sobre las aguas turquesas.

Kurt olvidó las fotografías y se dirigió al ancla.
La levantó con fuerza y la dejó caer en la cubierta.
Acto seguido, entre tumbos, arrancó el motor y
puso proa a la bahía.

Y el maletín quedó en el fondo de la embarcación.

Uno de los machos volvió a saltar; esta vez a poco
más de cuatro metros, y las mujeres gritaron, ate-
rrorizadas.

Kurt esquivó a la jorobada, pero no pudo evitar
la cortina de espuma, y tampoco la sucesión de olas
provocadas por el cetáceo.

La lancha perdió pie y, en uno de los vaivenes, terminó arrojando a Stare por la borda.

La jorobada, satisfecha, volvió a hundirse en las profundidades.

Pilar advirtió a gritos del percance y Kurt, veloz, detuvo la marcha, aproximándose a la aturdida astrofísica.

Minutos después, Stare era izada a bordo.

Estaba pálida.

Cuando acertó a hablar señaló la superficie del mar: las fotografías de Gog flotaban sobre las aguas.

Kurt la tranquilizó.

—Tengo más...

Minutos después, la lancha regresaba al atracadero de playa Rincón.

Sólo había sido un susto.

El resto del día, Stare eligió dormir.

Al atardecer se presentó en el salón de la vivienda de Kurt.

Pilar había preparado una deliciosa cena: arroz con pescado y coco y, de postre, *Johnny cake*.

Stare parecía recuperada.

Y brindaron por las ballenas enamoradas...

Fue en esos momentos cuando la astrofísica rescató la conversación sobre Gog.

Kurt abrió el maletín negro y extrajo una copia de las malogradas fotografías.

Al entregárselas a la mestiza se llevó el dedo índice izquierdo a los labios y solicitó silencio.

Stare estaba atónita. ¿Por qué tenía que guardar silencio?

Pilar siguió muda.

Y Kurt caminó hasta el equipo de música e hizo sonar *La guerra de los mundos*, de Jeff Wayne.

Y la vibrante música conquistó la casa y los alrededores.

—Ahora —gritó el alemán— sí podemos hablar...

Stare miró a Pilar con preocupación. ¿Qué estaba pasando con Kurt?

Pero la esposa se mantuvo ausente.

Y a gritos, entre la destrucción de Londres por parte de los marcianos, Kurt fue aclarando la historia de Gog:

—Hace dos semanas recibí la visita de un individuo. Me hallaba en Calar Alto. Dijo ser militar estadounidense. Y aseguró que me conocía. Después habló de algunos de mis descubrimientos y de mi afición a los coches. Depositó un sobre frente a mí y pidió que confirmara la información. No tuve tiempo de abrirlo. Se puso en pie y se despidió, advirtiéndome de que no acudiera a ningún otro observatorio. «Su vida —manifestó— correría peligro». Y desapareció.

Kurt explicó que el sobre contenía unas coordenadas, varias imágenes y un nombre: Gog.

Stare trató de atar cabos:

—¿Te mostró algún documento o credencial?

—No. Y tampoco recuerdo su nombre. Se presentó, sin más, y lo recibí.

—Podría ser un loco o un bromista...

—No lo era —lamentó Kurt—. No lo era...

—¿Vestía de uniforme?

—No.

—¿Cómo podía saber lo de los coches?

Kurt movió la cabeza negativamente.

—Eso es lo de menos —terció la esposa—. Todo el mundo, en el observatorio, conoce la maldita afición de Kurt a volar...

El alemán se limitó a sonreír. Pilar tenía razón.

—¿Por qué estás tan seguro de que no era un loco?

El alemán dejó que la sonrisa resbalara hasta los pies. Y replicó a Stare:

—Al principio dudé. Eché un vistazo a la información y no me pareció importante. Pero, esa noche, no sé por qué, me dirigí al Schmidt e introduje las coordenadas. Al instante, el telescopio ofreció lo que tenéis a la vista: un cuerpo desconocido y de escasa luminosidad. Quedé desconcertado. Consulté todos los catálogos a mi alcance, incluido el de los *neos* [objetos cercanos a la Tierra], pero no hallé nada. Después estudié su velocidad, trayectoria, etc., y la confusión se apoderó de mí.

En esos instantes, *La guerra de los mundos* finalizó. Y el narrador sentenció: «... el mundo era de los marcianos».

—¿Y cuál es tu conclusión?

—Negativa. Gog se dirige directamente hacia nosotros.

Kurt regresó al equipo de música y activó de nuevo la banda de Wayne.

Stare sabía de la profesionalidad de Kurt Birke. El astrónomo no hablaba por hablar. Y sintió fuego en el estómago.

—¿Se trata de un atón?

—Eso parece.

—Pero ¿cómo es posible? —murmuró la mestiza casi para sí—. Ningún observatorio oficial ha dicho nada...

—Tengo dos teorías —adelantó Kurt—. La primera me dice que Gog ha podido ser localizado por alguno de los telescopios de la Navy o de la USAF. Como sabes, los militares estadounidenses trabajan desde hace tiempo en un proyecto de vigilancia electro-óptica del espacio profundo...

—Sí, lo llaman *GEODSS*. ¿Y por qué iban a pasarte la información?

—Lo desconozco. Pero ahí está. Y es correcta. Al menos, eso creo.

—¿Y la segunda hipótesis?

Kurt se revolvió inquieto en la silla. Y terminó susurrando con un hilo de voz:

—Prefiero olvidarla...

—¿Qué más sabes?

—Poco más. He probado con los otros telescopios. Las cámaras CCD han confirmado las sospechas. Gog se acerca a 80 o 100 kilómetros por segundo...

—¿Qué tipo de CCD has usado?

—Las mejores. Cada dispositivo de carga acoplada dispone de un detector de 2k. Los píxeles son de 15 micras y se enfrían hasta los 235 kelvin. Las imágenes son mejores, incluso, que las proporcionadas por el militar.

—Veamos si lo he entendido —resumió Stare—. Ahí fuera tenemos una roca que viaja a 80 o 100 kilómetros por segundo, y en rumbo de colisión con la Tierra.

—Correcto.

Pilar intervino, asustada:

—¿Por qué ese nombre? No me gusta...

Kurt acudió a la pequeña biblioteca y consultó un libro. Regresó con las páginas abiertas y comentó:

—*Gog* es un nombre mitológico. De este asunto habla extensamente el profeta Ezequiel. Corría el año 593 antes de Cristo. Era la época del exilio judío en Babilonia. El capítulo 37 de Ezequiel es la gran profecía en la que se basa la resurrección de los muertos por el aliento de Dios el Eterno. Después vuelve a aparecer en el capítulo 20 del Apocalipsis de Juan. El capítulo 37 de Ezequiel es una gran elegía en la que Dios el Eterno instaura su santuario en medio de su pueblo (Israel) y es capital para entender la profecía que viene después: el ataque despiadado de Gog que, desde la tierra de Magog, arrasa al pueblo de Israel, aquel que tiene la misión de difundir la realidad de un Dios Único.

Y Kurt matizó:

—En los tiempos de Ezequiel existía un país —Escitia— en el que vivían los escitas y los cimerios. La Escitia abarcaba la actual Ucrania, sur de Rusia y Kazajstán. Opinan los lingüistas que, en acadio (idioma mesopotámico), se llamaba a los escitas *gugu*. De ahí la palabra *gog* («escitas» en hebreo). A las estepas del Turquestán les decían «Nat Gugu» o «Magog». Estos pueblos —escitas y cimerios—, en expansión en el siglo VII antes de Cristo, cayeron en tromba sobre Israel, ocasionando grandes calamidades y sufrimientos. Pero finalmente fueron derrotados.

—¿Y qué quieres que haga? —preguntó Stare.

—Necesito que confirmes lo que he visto y fotografiado. En Tololo tenéis un telescopio robotizado...

—Sí, el Enano...

—Pero, sobre todo, la Cámara de Energía Oscura. Ése es el objetivo. Los 74 dispositivos de carga acoplada dirán la última palabra.

—¿Y después?

—Silencio. Por favor, guarda el secreto. Tengo razones para pensar que estamos ante un asunto muy sucio y peligroso.

—Si estás en lo cierto, Gog, por supuesto, es un problema sucio y peligroso.

Kurt sonrió con desgana.

—No me refería a eso...

—¿A qué razones te refieres?

La pregunta de Pilar llevaba dinamita. Pero Kurt se escurrió, una vez más:

—Prefiero que no lo sepas.

Tomó las manos de la esposa y recuperó la luminosa sonrisa:

—Confía en mí.

—No entiendo ni te entiendo —prosiguió Stare—. Si la información sobre Gog es correcta, la comunidad científica debería saber...

—¿La comunidad científica? —se burló el alemán—. ¿Te refieres a los diosecillos del Carnegie o a los necios del Caltech?

Kurt hablaba de las viejas rencillas entre los astrónomos del Instituto Carnegie, para la ciencia, con sede en Washington, y el Instituto de Tecnología de California. Ambos centros llevaban años disputando sobre la construcción del telescopio gigante Magallanes y el telescopio de 30 metros. Y a la riña se había sumado Europa con la pretensión de dejar atrás a todo el mundo con la construcción del telescopio europeo «extremadamente grande».

—Llevan quince años a la greña —lamentó Kurt—. Todos quieren el pastel más grande. Todos buscan el telescopio «abrumadoramente grande». Son hienas. Son ególatras que te chuparán la sangre. Si les haces llegar esa información se reirán de ti y la aprovecharán según su interés.

Kurt se vació:

—La mayoría de tus colegas sólo busca engordar el currículum. Son pretenciosos y falsos. Dame el nombre de un astrofísico del que te fíes...

—Kurt Birke.

—¿Alguno más?

A Stare le costó recordar otros nombres.

Y Kurt remató:

—Sabes que tengo razón. Por favor, olvida a la comunidad científica. Olvida a los enemigos... Si supieran de Gog se matarían entre ellos y, de paso, nos aplastarían.

Stare y Pilar asintieron. El astrónomo alemán hablaba con razón.

Y la mestiza del cerro Tololo regresó al asunto capital:

—¿Cuánto tiempo tenemos?

Kurt consultó sus notas.

—En estos momentos, Gog se encuentra a poco más de 150 unidades astronómicas: algo más de 2.000 millones de kilómetros de la Tierra. Su velocidad, posiblemente, supera los 80 kilómetros por segundo. En otras palabras, si mis cálculos no están errados, Gog impactará en nueve o diez años.

Y Stare recordó los sueños de su madre, Fuego Nuevo.

«Dos soles, hija mía... He visto dos soles en el mismo día».

—¿Cuándo podría ser detectado con absoluta seguridad?

—La roca sería visible a un año de la colisión. Posiblemente ocho meses antes. Eso, como tú sabes, depende de algunos factores.

«No —reflexionó Stare—, los sueños de Fuego Nuevo y la información de Kurt no obedecían a la casualidad». En realidad, aunque ella era científica, hacía mucho que no creía en la casualidad.

El alemán acudió de nuevo al equipo de música y eligió otro tema: *El Mesías*, de su adorado Händel.

—¿Se sabe el tamaño de Gog?

Kurt negó con la cabeza.

—Eso quizá puedas averiguarlo en la Cámara de la Energía Oscura.

Stare, tozuda, planteó otra vez la necesidad de comunicar la noticia a la comunidad científica.

—Sigo pensando que, al menos, deberíamos avisar al Centro de Planetas Menores, del Observatorio Smithsoniano. Sería de gran ayuda...

El alemán negó con la cabeza una y otra vez. Finalmente estalló:

—¿Y por qué no avisar al proyecto «ALMA»? Sus 66 antenas y los agentes de la CIA infiltrados en Atacama serían también una excelente ayuda... ¿O prefieres los telescopios de Mauna Kea y su legión de confidentes? También está el Mount Graham, en Arizona. En ese observatorio trabajan espías estadounidenses y europeos, codo con codo. ¿Hablamos de Las Campanas, en Chile? Allí están los rusos... ¿Qué te parece Jodrell Bank? El servicio secreto inglés lo controla desde su lejana construcción. ¿Le pasamos la información a los japoneses? Estarían encantados. La antena Nobeyama transmitiría al momento la información a sus colegas, los chinos.

Kurt guardó silencio, y permitió que Händel lo sustituyera.

Fue una acertada decisión.

Y Stare y Pilar se dejaron arrastrar por sus pensamientos. La lógica del alemán era aplastante. ¿O desvariaba?

—No, mi querida Stare —concluyó Kurt—, olvida a tus colegas. De momento es un asunto confidencial entre tú y yo. Hazme una promesa...

Kurt tomó las manos de Stare:

—Promete que Gog no saldrá de tu corazón...

Stare dudó. Escapó de las manos de su amigo y bajó los ojos, confusa.

—No sé...

—Prométemelo.

Y Kurt alzó la voz:

—¡Por favor! Gog no puede salir de aquí. Tu vida y la nuestra estarían en grave peligro. ¿Lo entiendes?

Stare dijo que sí por puro compromiso. Su mente había empezado a nublarse. Eran nubes negras y bajas. Casi podía tocarlas con las manos...

—Cuando regreses a la Cámara de la Energía Oscura —añadió el alemán con voz pausada—, por favor, avísame. Si confirmas la presencia de Gog, por Dios, avísame. Regresaremos a España en una semana.

Y Kurt, finalmente, entregó a Stare las coordenadas en las que fue descubierto el asteroide, así como otros datos de carácter técnico.

Ascensión recta: 21 h 42' 34".
Declinación: 58° 44' 12".
Constelación CEPHEUS.

Cuatro días después, Stare regresaba al Observatorio del Cerro Tololo.

Yuri, su ayudante, la notó inquieta. Pero casi no hablaron.

El pequeño hipocampo había parido. Yuri se ocupó de repartir las crías entre los empleados de los telescopios.

La misma noche de su llegada, la mestiza se encerró en la Cámara de la Energía Oscura y se dedicó a buscar a Gog.

Las coordenadas eran exactas.

Y Stare estudió la roca.

A las cuatro de la madrugada, desolada, fue a buscar café.

Gog era peor de lo que habían hablado.

Su tamaño era gigantesco: entre 12 y 15 kilómetros de longitud.

Las computadoras revisaron los cálculos hasta el agotamiento. No había duda ni error.

La gran piedra se desplazaba por el vacío a una velocidad escalofriante: superior a los 80 kilómetros por segundo.

¿Fecha para el impacto con la Tierra?

Stare repitió la operación 17 veces.

—¡Dios mío!

Los ordenadores señalaron un día, un mes y un año:

29 DE AGOSTO DE 2027.

Entre ocho y diez meses antes de la colisión, Gog empezaría a ser visible a simple vista.

El asteroide parecía proceder de la región de Oort, una «nube» esférica en la que nacían y morían billones de cometas y rocas siderales.

Stare forzó los CCD, pero no logró la nitidez que esperaba. Gog era un cuerpo oscuro. «Demasiado oscuro», pensó la astrofísica. Apenas reflejaba un 4 por ciento de la luz recibida.

Y una idea se posó en su mente...

Pero, de momento, la olvidó.

Tampoco fue capaz de precisar el lugar del impacto. Probablemente tendría lugar en el océano Atlántico, aunque era muy pronto para saberlo. Y regresaron las viejas ideas: «la comunidad científica sí podría aportar más detalles; importantísimos».

Stare se removió, inquieta. «¿Debo ser fiel a la palabra dada a Kurt?».

Ella misma fue respondiéndose:

«¿Qué palabra? No recuerdo haber dado ninguna palabra... Se lo prometiste... ¿Qué fue lo que prometí?... Kurt solicitó silencio... Eso fue lo que supuestamente prometí».

Desconectó la Cámara de la Energía Oscura y se fue con el alba.

Y huyó, aterrorizada.

Se refugió en su habitáculo y, por primera vez en muchos años, dejó que el llanto la aliviara.

Kurt tenía razón. Una gravísima amenaza se acercaba a la Tierra. Pero ¿qué podía, qué debía hacer?

Se aproximó a la pecera y depositó una de las lágrimas en el agua.

«Dos soles...».

El hipocampo acudió, veloz, y se bebió la lágrima. Después tocó la pared de cristal con los labios y obsequió a la dueña con un racimo de burbujas.

—Yo también te quiero —replicó Stare entre sollozos.

Sonó la puerta. Y Stare escuchó la voz de Yuri, suplicante.

—¡Abre!... ¡Sé que estás ahí!... ¿Qué te pasa? ¿Ya no te gusta mi café?

Stare se secó las lágrimas apresuradamente y se dispuso a abrir. La jefa de la Cámara de la Energía Oscura lo sabía: si no abría la puerta, la coreana la echaría abajo.

Yuri la miró, desconcertada.

—¡Estabas llorando!... ¿Qué pasa?

Stare la dejó entrar, pero guardó silencio.

—¿Estás embarazada?...

Stare sonrió a la fuerza.

—Ojalá... Es algo peor...

Yuri se sentó en la cocina y contempló a su amiga. Después, deseosa de auxiliarla, siguió preguntando:

—¿Tu madre está bien?

—Sí, dentro de lo que cabe...

—Entonces, ¿qué te ocurre? Creo que soy tu mejor amiga..., después de ese fenómeno de la pecera.

Stare hizo café y vio cómo la luz amarilla tomaba posesión del desierto.

Necesitaba soltar lastre. Stare no podía con aquella carga. Gog era demasiado para ella. Y ante la benéfica insistencia de Yuri, la mestiza se derrumbó.

—Te lo contaré —accedió Stare—, siempre y cuando me prometas... No, siempre y cuando me jures que lo que voy a decirte no salga de aquí. ¿Tengo tu palabra?

La coreana le recordó que *Yuri*, su nombre, significa «cristal».

—Siempre soy transparente —mintió—. Sabes que no diré nada a nadie. Te lo juro.

Las pecas se ordenaron en el rostro de Yuri como diciendo: «dice la verdad».

—He verificado algo espantoso —proclamó Stare al tiempo que bajaba el tono de la voz.

—Lo dicho: estás embarazada...

—No seas idiota.

Y Stare le confió el hallazgo de Kurt Birke.

Yuri conocía a Kurt. Siempre le pareció un científico serio y trabajador, poco amigo de banalidades.

Y escuchó a Stare en silencio y respetuosamente. Pero el movimiento de las pecas en su rostro de porcelana la traicionó. Yuri no creía una sola palabra de lo que estaba oyendo.

Stare leyó el escepticismo en los ojos de su amiga y ayudante y zanjó la conversación.

—Sé que no me crees...

—¿Cómo voy a creer una cosa así?

—Lo he confirmado: una enorme roca se aproxima a la Tierra.

Pero Yuri negó con la cabeza. Y preguntó:

—¿Otros observatorios lo han confirmado...?

—No estoy segura. Sólo sé de uno...

—Ciencia ficción —simplificó la coreana.

Y Stare cortó por lo sano. La arrastró al observatorio y solicitó que comprobara los datos.

Yuri lo hizo a regañadientes.

Y las cámaras CCD fueron implacables: allí estaba Gog.

—¡Dios mío! ¡No es posible!

Esa misma noche, Yuri lo verificó en directo.

Los dispositivos del gran telescopio presentaron un punto oscuro, en movimiento, y a más de 150 unidades astronómicas.

Yuri, perpleja, permaneció toda la noche frente a las pantallas del ordenador central.

Sólo repetía: «No es posible».

Cuando la luz amarilla tocó a las puertas del observatorio, Stare apagó la Cámara de la Energía Oscura y recordó a Yuri su promesa:

—Tú no has visto nada...

La coreana aceptó mecánicamente y acompañó a la mestiza a su habitáculo.

Yuri no sabía si llorar o gritar o gritar y llorar...

Ambas necesitaron varias dosis de silencio —largos y dolorosos silencios— para examinar el problema con un mínimo de frialdad.

Yuri fue la primera en hablar:

—Es preciso avisar a la comunidad científica.

Stare se hizo eco de las palabras de Kurt y suplicó paciencia.

—Tenemos que pensar...

—Pensar ¿qué?

—No es tan sencillo. La intuición me dice que aguardemos. Siempre hay tiempo para hablar con los restantes observatorios.

—¿Y qué hacemos mientras tanto?

—Estudiar a Gog. Y hacerlo en silencio y en secreto. Nadie debe saber, querida Yuri, nadie...

Stare buscó la aprobación de su ayudante y la coreana dijo sí con un parpadeo rápido y nervioso.

Al día siguiente, Yuri se presentó en la casita de Stare con un montón de mapas del mundo. Y fue ordenándolos por el suelo de la cocina y del dormitorio.

—¿Qué haces? —preguntó la mestiza.

Yuri explicó que necesitaban ubicar un lugar al que poder huir.

—Estás loca —le reprochó la jefa del observatorio—. No sabemos dónde se registrará el impacto. Es muy pronto para saberlo.

Acarició las paredes de cristal de la pecera y comentó con tristeza:

—Además, si llega Gog, el primero en morir será un privilegiado...

Yuri, el hipocampo y la luz amarilla del desierto se negaron a escuchar.

Y la coreana se refugió en los mapas, al tiempo que refunfuñaba:

—¡Maldito! ¿Dónde piensas caer?

Stare trató de hacerla entrar en razón:

—No te esfuerces. Faltan diez años...

Pero el peso del hallazgo fue hundiéndolas lentamente.

Stare pasaba las horas frente a la pecera de su amigo, intentando asimilar lo que no era asimilable.

Yuri, a su vez, espiaba los movimientos del asteroide minuto a minuto.

Y fruto de ese espeso seguimiento nació una teoría. Stare ya la había apuntado, aunque no estaba segura: Gog podía impactar en algún lugar del Atlántico. Quizá en el hemisferio norte.

Aquello dio alas a Yuri. Y se enredó en una loca e imposible búsqueda de la zona ideal para refugiarse antes de que llegara el monstruo del espacio.

Stare la dejó hacer.

Pero la tensión fue atornillándolas.

Una noche, cuando Yuri se hallaba concentrada frente a las seis pantallas que gobernaba el computador central de la Cámara de la Energía Oscura, sucedió algo que terminó desquiciando a la coreana y a su jefa.

Yuri introdujo la luz infrarroja en los CCD y los monitores centellearon. Y Gog —un insignificante punto negro en la negrura del espacio— se hizo medianamente visible.

Yuri, sin querer, lanzó un grito y exclamó:

—¡Te tengo, hijo de puta!

Eran las cuatro de la madrugada.

El grito y la exclamación alertaron a uno de los astrónomos que compartía tiempo con la coreana. Era un recién llegado. Se llamaba Ray Bush y procedía de la universidad de Pensilvania.

El novato se aproximó, sigiloso, a la mesa de Yuri y contempló, asombrado, la difusa y rojiza imagen del asteroide.

No tuvo tiempo de preguntar.

Yuri se revolvió y, furiosa, asestó un violento cabezazo en la frente de Bush. Y el astrónomo rodó por el suelo, inconsciente.

El caos fue total.

Bush tuvo que ser hospitalizado.

Y Stare llamó al orden a su ayudante, obligándola a tomar unas vacaciones.

La coreana recogió sus cosas y desapareció.

A partir de ese incidente, una serie de rumores empezó a circular por el cerro Tololo y por otros observatorios.

Stare los recibió perpleja: «La Cámara de la Energía Oscura —rezaban dichos bulos— ha descubierto una gigantesca galaxia que emite una poderosa fuente de rayos X y lanza un chorro de plasma hirviente a varios miles de años luz». Otros rumores aseguraban que el descubrimiento tenía que ver con un agujero negro, detectado en el espectro del infrarrojo cercano y cuya masa superaba los 10.000 soles.

Y todo por un cabezazo...

«Definitivamente —reflexionó Stare—, Kurt llevaba razón: la astronomía profesional es un gallinero de comadres».

Las confusas noticias llegaron también hasta Kurt Birke, pero Stare lo tranquilizó. Nadie sabía nada sobre Gog, de momento. Y tuvo especial cuidado en silenciar su confesión a Yuri.

Pocas horas después del incidente, el novio de Yuri se presentó en el apartamento de la coreana, en la ciudad de La Serena.

El sol de mediodía entró con Strom en el modesto piso del paseo de Pablo Muñoz.

Strom era un negrazo de casi dos metros de altura. Se habían conocido un año antes, en Santiago.

Strom trabajaba como agregado militar en la embajada estadounidense en la citada capital chilena. En realidad era un espía. Pertenecía a la AFORS, la Oficina de Investigación Científica de la Fuerza Aérea. Era coronel.

Hacía tiempo que había dejado atrás los cincuenta años, pero luchaba por no aparentar más de cuarenta. Se teñía el pelo a todas horas y buscaba las cremas hidratantes más caras y peregrinas. No importaba dónde tuviera que ir a buscarlas. Tras veinte años en los servicios secretos militares, su frente se había despejado peligrosamente.

Fumaba y bebía sin cesar. Era otra de sus herencias como antiguo piloto de la USAF.

Era un negrazo de catadura espesa, ojos de obsidiana y corazón de encantador de serpientes. Nadie sabe cómo se las arregló para enamorar a la coreana.

Yuri se hallaba sentada en el piso del salón, sepultada por planos y mapas del mundo.

Strom intentó besarla, pero la muchacha lo esquivó.

—¿Qué ha sucedido? —preguntó el coronel.

—No lo sé. Perdí el control…

—Pero ¿por qué? No es fácil que tú pierdas los nervios.

Yuri lo miró, agradecida, y siguió a lo suyo, consultando parajes y, sobre todo, montañas. Strom se colocó en cuclillas y acarició los mapas.

—¿Qué es todo esto?

Y, al examinar los planos, la chaqueta de Strom se abrió ligeramente. Yuri, entonces, observó la culata de la pistola, sujeta al tórax por un correaje dorado. La coreana sabía, desde el principio, que su novio trabajaba para la inteligencia militar de EE. UU. Él se lo dijo. Y a la astrofísica no pareció importarle. Era un trabajo como otro cualquiera. Eso pensó.

Strom no terminaba de comprender. ¿Qué hacía su novia encerrada en el piso y dedicada a la consulta de aquellos mapas?

Pero no insistió. Encendió un cigarrillo con la colilla del anterior y permaneció de pie, en una atenta observación de la distraída Yuri.

Finalmente, en un gesto de desesperación, Yuri se alzó y pateó los mapas.

—¿Qué demonios pasa? —intervino de nuevo Strom.

—Estoy preocupada...

—¿Puedo saber por qué? Sabes que te quiero...

Strom mentía; pero eso, en aquellos momentos, era lo de menos.

—¿Estás embarazada? —arriesgó el militar—. Eso sería una catástrofe...

Yuri lo miró con desprecio. Dio media vuelta y se alejó hacia la pequeña terraza. Se acodó en el parapeto de piedra y contempló la elegancia de los plátanos orientales. Los pájaros los habitaban día y noche y hacían de aquella parte del parque de Valdivia un refugio de paz y de dulzura. Algunos niños corrían entre los árboles. Y la coreana pensó en voz alta:

—¡Dios mío!... ¡Qué ajenos están a lo que se aproxima!

Strom llegó en ese momento y la abrazó por detrás.

—¿De qué hablas? ¿Qué es lo que se aproxima?

Yuri no respondió. Se volvió lentamente y miró a su novio con intensidad.

Strom la abrazó con fuerza y ella, necesitada de calor y de comprensión, bajó la guardia.

Y Yuri musitó, sin dejar de mirar a los ojos de obsidiana del coronel:

—¿Serás capaz de guardar un secreto?

Strom sonrió, adulador, y dejó al aire una dentadura amarilla y mal avenida.

—Ésa es mi especialidad —mintió—. Dime...

Yuri bajó los ojos. Su corazón borboritaba bajo la blusa negra. Y Strom supo que se trataba de algo importante.

La animó con un nuevo apretón. Y Yuri quedó sepultada en el uniforme azul de aquel gigante.

Pero la coreana parecía dudar. Escapó del abrazo y se alejó unos pasos, acodándose de nuevo en la barandilla de piedra.

Strom no se rindió.

Se aproximó a la joven y encendió otro pitillo. Los niños seguían con sus juegos y gritos al pie de los oscuros plátanos.

—¡Qué difícil es la vida! —se lamentó Yuri. Y una lágrima saltó entre la tribu de las pecas, alterando el pulso del coronel.

—Ahora entiendo por qué huyen las abejas...

—¿Qué dices?

Strom, lógicamente, no comprendió.

Y Yuri, señalando el parque, remachó:

—Las abejas... Se van...

Y las lágrimas siguieron rodando por las mejillas de porcelana de la astrofísica.

—Hemos descubierto algo terrible —sentenció entre sollozos—. Algo infernal...

Strom la dejó hablar. Y Yuri, desbordada, fue vaciando su corazón. Lo necesitaba.

—Una enorme piedra se acerca a la Tierra...

El coronel dejó de fumar. Y miró, atónito, a su compañera. Strom sabía que Yuri no bromeaba. Y sabía también de sus trabajos en la Cámara de la Energía Oscura. Yuri era una profesional seria y comprometida.

—Será la destrucción del mundo —añadió sin poder contener el llanto—. ¿Lo entiendes ahora? ¿Comprendes el porqué de mi sufrimiento? Le partí la cabeza a aquel idiota y volvería a hacerlo...

—Pero ¿qué estás diciendo?

—Strom... Hemos descubierto un asteroide. Se aproxima a la Tierra en rumbo de colisión. Lo hemos verificado. No hay duda...

Y el llanto sofocó la voz de la coreana.

El coronel apagó el cigarrillo y abrazó de nuevo a Yuri. Después, sin palabras, la besó en los párpados y fue bebiendo sus lágrimas, una a una.

La mujer temblaba, tanto por el sufrimiento acumulado como por la traición a Stare. Y pensó: «Lo siento, amiga, lo siento...».

Strom terminó llevando a su novia al interior de la vivienda. Allí la arropó en la cama y se sentó a su lado. Después se hizo con un pequeño cuaderno azul, con anillas, y solicitó a Yuri que hiciera memoria:

—Dime todo lo que recuerdes —manifestó con calma—. Si lo consideras oportuno puedo hacer algunas consultas.

Ya no tenía arreglo. Yuri había traicionado a Stare y ésta, a su vez, a Kurt.

Y, en voz baja, consciente de que lo que hacía no estaba bien, la coreana fue redondeando lo ya dicho:

—Lo llamamos Gog. Es una roca enorme, de casi 15 kilómetros, ahora se encuentra muy lejos. Pero viene directamente hacia nosotros.

—¿Y cómo lo habéis detectado?

Yuri le proporcionó los detalles que conocía: la entrega de los documentos por parte del desconocido militar estadounidense, las coordenadas de Gog, su velocidad y la fecha aproximada de impacto.

Strom dejó de escribir. Estaba desconcertado.

—¿Estás segura?

Yuri dijo que sí, y lo hizo con un hastío infinito.

—Lo hemos comprobado.

—¿Y qué más sabes de ese militar?

—Nada. Eso fue lo que le contó Kurt Birke a Stare.

—¿Podría ser una broma?

Yuri lo miró con incredulidad.

—¿Y tú eres del servicio de inteligencia militar? Os consideraba más despiertos...

Strom retrocedió. Aquel no era un buen camino.

—Compréndeme. Es preciso atar todos los cabos...

—Te he dicho lo más importante: Gog, esa maldita piedra, es una realidad. Está ahí, en algún lugar del espacio, y se aproxima a casi 100 kilómetros por segundo... Volaremos todos. Eso es lo que me preocupa.

—¿Por eso buscabas en los mapas?

—Sí, no quiero morir. Hay que encontrar un lugar en el que podamos refugiarnos.

—Pero, si no he entendido mal, faltan diez años para esa hecatombe...

—No importa —protestó Yuri—. Hay que hacer algo...

Strom guardó el cuaderno azul y encendió otro cigarrillo.

—¿Hay algo más que quieras contarme?

La mujer negó con la cabeza y cerró los ojos. Deseaba dormir. Mejor dicho, aunque había afirmado que no deseaba morir, en realidad lo necesitaba. La traición es más dolorosa que la muerte.

El coronel salió de la habitación y se dirigió de nuevo a la terraza.

«¿Cómo debo enfocar este asunto? ¿Es creíble lo que acaba de contarme Yuri? ¿Puede ser una invención suya?».

Y las primeras sombras de la tarde se vistieron de dudas.

A la mañana siguiente, Strom hizo dos llamadas telefónicas. En una de ellas recibió una concisa respuesta: «Preséntese en Yuma lo antes posible. Código verde».

Cuarenta y ocho horas después, el hombre de la AFORS aterrizaba en Los Ángeles.

Un vehículo militar, con los cristales tintados, lo esperaba al pie del avión.

Y el coronel Strom fue trasladado a la base secreta de Yuma, en el estado de Arizona (EE. UU.), a 80 kilómetros de la frontera con México.

Tras diez horas de viaje, el vehículo se detuvo en mitad de la nada. La base de la AFORS había sido construida entre Yuma y Wellton, cerca del río Colorado.

Un enorme muro de hormigón fue abriéndose lentamente, al tiempo que el carro era iluminado por media docena de potentes focos azules. Y el vehículo continuó rodando —muy despacio— hasta un primer control.

Strom bajó la ventanilla y un soldado de la Policía Militar escaneó sus pupilas.

—¡Adelante! —ordenó al conductor.

Instantes después, un teniente saludaba al coronel y le rogaba que lo siguiera. Durante varios minutos, ambos caminaron por un laberinto de hormigón.

En cada esquina se detenían y Strom era sometido a un nuevo escáner.

Al llegar a un ascensor, el oficial habló a un espejo. Se abrió una puerta metálica y entraron en el elevador.

El teniente pasó primero, pero no pulsó ningún botón. Y el ascensor descendió en silencio. Nueve segundos después se detenía dulcemente. Al abrirse la puerta, Strom oyó una voz metálica: «Azul nueve».

El coronel estaba maravillado.

Era la primera vez que lo convocaban a Yuma, la mítica y experimental base de la AFORS.

Segundos después alcanzaban el enésimo control.

El teniente invitó al coronel para que depositara su teléfono móvil en la bandeja. Lo recogería a la salida.

—Nada de cámaras —anunció el policía militar—. Deje aquí sus llaves, pitillera, medicinas...

Strom obedeció y se sometió a un nuevo examen de sus pupilas. El escáner dio positivo y el teniente procedió a abrir una nueva puerta.

—Adelante —lo invitó cortés.

Y el coronel entró en la «sala de las tormentas». Nada podía perforar aquellas paredes y nada podía salir de las mismas. Cien escudos electromagnéticos la envolvían como a un bebé.

Sentados en una larga y espartana mesa de cristal lo observaban cinco hombres: un general de las Fuerzas Aéreas estadounidenses, dos coroneles, igualmente uniformados, y dos individuos, de paisano.

Strom reconoció a su antiguo jefe en el Pentágono, el general Sheridam; un hombre amable y frío, temido por su capacidad destructiva.

A los otros militares no los conocía.

Uno de los coroneles era calvo y grueso. El otro parecía más joven, como recién salido de la academia de Inteligencia. Llevaba los ojos maquillados.

El general no se levantó. Hizo un gesto con la mano y le indicó la única silla libre.

Strom se apresuró a sentarse.

Y Sheridam fue al grano:

—Coronel Strom, agradecemos su esfuerzo. Cuanto antes acabemos, antes podrá descansar...

Dudó y terminó preguntando:

—¿Desea un café?

Strom lo rechazó sin palabras.

—Adelante, cuéntenos...

El coronel depositó el pequeño cuaderno azul, con anillas, sobre la fría mesa de cristal y carraspeó.

Después dirigió una breve sonrisa al general y procedió a leer las notas, dando cuenta de lo que Yuri le había relatado.

Los tipos de paisano escribían sin cesar y sin pestañear.

El general escuchaba con la vista perdida en el techo.

Strom terminó explicando cómo se había hecho con la información. Le interesaba todo lo concerniente a la Cámara de la Energía Oscura y simuló el noviazgo con la coreana. Cuando la misión concluyera, el coronel desaparecería de la vida de Yuri.

A nadie le importó las últimas explicaciones de Strom, pero el coronel más joven hizo una mueca de reprobación.

El general se sirvió un café y preguntó:

—¿Quién le proporcionó la información a Yuri?

—Tengo entendido que su jefa. Y ésta, a su vez, la recibió de Kurt Birke, un astrónomo del CAHA.

—¿Y éste?

—Sólo sé que se la proporcionó un militar.

—¿Estadounidense?

—No estoy seguro...

—Y a ese asteroide —presionó Sheridam—, ¿lo llaman Gog?

—Sí, señor.

El general abrió la carpeta amarilla que tenía delante y extrajo un documento. Parecía un mapa.

—Su fuente de información está en lo cierto —aseguró, al tiempo que extendía el papel hacia Strom—. Gog fue detectado por la Marina hace dos meses.

Guardó silencio y el coronel recibió el papel con mano temblorosa.

Lo examinó con detenimiento y con mucho nerviosismo.

Se trataba de un mapa del Caribe, con las grandes Antillas. Cerca de las islas Bermudas observó una inscripción: «lugar del impacto de Gog».

No tuvo que reflexionar. Sheridam aclaró sus dudas:

—El lugar de la colisión...

Strom recorrió de nuevo el mapa y memorizó las coordenadas.

—¡Bermudas! —exclamó desconcertado—. Luego es cierto...

Y Strom reflexionó en voz alta, al tiempo que devolvía el documento: «Pero ¿cómo lo supo el tal Kurt? ¿Quién es ese supuesto militar estadounidense?».

El general guardó la información y tranquilizó —a medias— a Strom:

—De eso ya nos estamos ocupando...

E invitó al calvo a que prosiguiera.

—Los cálculos de los astrofísicos del cerro Tololo, en Chile, coinciden con los nuestros. Gog impactará en la Tierra, en el lugar que le ha mostrado el general, en un plazo de nueve o diez años, aproximadamente.

—¿Y qué se puede hacer para evitarlo?

Los militares observaron a Strom con gesto serio y el general intervino con brusquedad:

—No interesa que eso suceda...

—No comprendo, mi general.

—Tras la catástrofe —sentenció Sheridam—, el que sobreviva será el amo del mundo.

Las palabras del general quedaron flotando en un silencio de muerte.

Strom no podía creerlo.

Y repitió la pregunta:

—No termino de entenderlo, mi general...

—Lo ha oído perfectamente. No se lo repetiré.

Strom no palideció porque era negro.

—La noticia terminará filtrándose —insinuó Strom con timidez—. ¿Qué haremos?

El general Sheridam lo tenía todo previsto:

—Si eso llegara a suceder, la NASA se ocupará de desmentirlo. Para eso están.

—Ya lo han hecho en otras oportunidades —redondeó el coronel con los ojos maquillados—. ¿Recuerda el caso del asteroide «UR116»?

Strom no sabía de qué le hablaba.

—Fue descubierto por el observatorio de Kislovodsk, en Rusia. Tenía 400 metros de diámetro. La noticia se filtró a la prensa y la NASA se ocupó de desintegrar la historia... Como le dice el general, es muy fácil.

—Pero ¿existe alguna probabilidad de destruir o desviar a ese monstruo?

La pregunta de Strom quedó en el aire durante cinco segundos. Ninguno de los coroneles se atrevió a replicar. Y todos miraron a Sheridam.

—Sí, por supuesto —respondió el general—. Hay dos planes específicos para eso, pero no son de su incumbencia.

La reunión había terminado.

Y a un gesto de Sheridam, los cuatro hombres abandonaron la sala.

Strom, confuso, no supo qué hacer.

El general se sirvió un segundo café y miró a los ojos del coronel.

—Cuando haya terminado su misión —resumió—, regrese e infórmeme.

Sheridam entregó un sobre azul a Strom y añadió:

—Aquí tiene las instrucciones. Buenas noches y buena suerte...

Minutos más tarde, Strom abandonaba la base de Yuma, rumbo al aeropuerto internacional de Los Ángeles, en California.

Supuesta zona del impacto de Gog, a 326 kilómetros de Hamilton, en las islas Bermudas (océano Atlántico).
Coordenadas:
34 grados,
12 minutos,
3 segundos norte y
61 grados,
25 minutos,
15 segundos oeste.

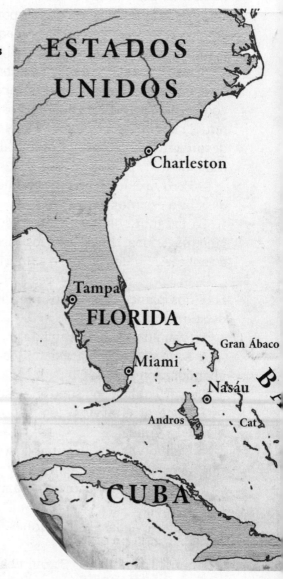

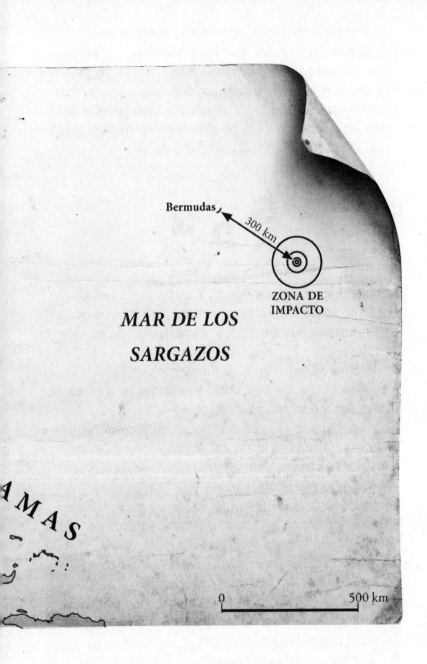

Bermudas

300 km

ZONA DE
IMPACTO

MAR DE LOS

SARGAZOS

AMAS

0   500 km

Por el camino, el coronel abrió el sobre azul.

Las órdenes eran simples y terribles: «Fase negra —rezaba el documento—. Dispone de un plazo de dos semanas para "anular" a cuantos tengan conocimiento de Gog». Y el escrito mencionaba dos nombres: Stare y Yuri. El ejecutor debía ser él mismo. «Procedimiento: el acostumbrado».

En la ausencia de Strom, Yuri terminó refugiándose en Stare. La coreana solicitó disculpas a Bush y la mestiza suspendió las «vacaciones» de su ayudante.

Y Yuri se volcó en el seguimiento de Gog.

La coreana no mencionó su confesión a Strom. No lo estimó oportuno.

Stare siguió en comunicación con Kurt y fue informándole de todos sus hallazgos sobre el asteroide. Quedaron en volver a verse. Esta vez en Europa, pero no fijaron fecha.

En cuestión de días, las astrofísicas reunieron una interesante y preocupante información. He aquí una síntesis de la misma:

1. En los últimos veinte años, la Tierra había sido bombardeada por 556 cuerpos rocosos.

Ésta era la versión oficial. La realidad era mucho más alarmante. Los asteroides caídos en nuestro mundo superaban los diez mil.

Los tamaños oscilaban entre 1 y 20 metros.

En total, más de cien mil toneladas de rocas al año.

2. Según los archivos «confidenciales» de la NASA, el número de objetos peligrosos que viajan en las proximidades de la Tierra supera los veinte millones.

Las posibilidades de impacto son muy elevadas.

Un asteroide de 35 metros podría destruir una ciudad como Calcuta y uno de 150 terminaría con un continente.

3. Gog procedía de la nube de Oort o del cinturón de Kuiper. La primera alcanza unas dimensiones colosales: 50.000 unidades astronómicas. En su interior se mueven del orden de 2 por 10^{12} cometas.

Las astrofísicas no lograban comprender cómo la gran roca había logrado huir de la nube.

4. En otro documento de régimen interno, la NASA reconocía que los *pha* (asteroides potencialmente peligrosos), con órbitas cercanas a la Tierra, superaban los 4.700. De éstos, unos 1.500 tienen diámetros superiores a los 100 metros; es decir, capaces de arrasar Europa. Y la NASA reconocía en dicha información secreta que «sólo había detectado un 20 por ciento de los *pha*». Lindley Johnson, director del programa de observación de los *pha*, era pesimista: «Esos objetos son un verdadero peligro para la humanidad».

5. De acuerdo con la escala de Torino, el impacto de un asteroide como Gog —con 10-15 kilómetros de longitud— superaría los diez puntos en la referida escala.

La de Torino, como la de Richter (para los seísmos), abarca del 1 al 10. La colisión de Gog provocaría una destrucción próxima al 15.

6. La catástrofe sería de tal magnitud que terminaría con buena parte de la vida sobre la Tierra. Sería la sexta extinción.

7. Desde hacía años, el Pentágono disponía de un ambicioso plan, concebido «para la gran emergencia».

Lo llamaban «8888».

El programa fue trazado por el cuartel general del Comando Estratégico. Contiene 31 páginas en las que se dan las órdenes para un supuesto «gran suceso» (no bélico), que afectaría a la nación estadounidense y al resto del planeta.

En el «8888» se habla de túneles, excavados estratégicamente en diez estados. Podrían contener a un millón de ciudadanos, con reservas alimenticias y agua para diez años. Los búnkeres fueron construidos según el modelo del NORAD.

«La selección de supervivientes —reza el programa— debería llevarse a cabo según un estricto criterio, en el que primaría la raza blanca sobre el resto de las comunidades».

Según el «8888», la sexta extinción pondría en grave peligro a la humanidad, con unas pérdidas iniciales (en 48 horas) de 1.200 millones de muertos.

El programa no hace referencia a las causas del «gran suceso».

Otro de los apartados del «8888» se refiere a los ataúdes. Miles de cajas de pino y bolsas de plástico estaban siendo acumuladas en el estado de Georgia. Desde allí se distribuirían al resto de la nación, una vez estallara la crisis. La responsable de la fabricación y almacenamiento de los féretros era la Agencia Federal de Emergencia.

En una primera fase, el plan «8888» contemplaba una hambruna de dos años. Más de cuarenta millones de estadounidenses morirían por esta razón.

El caos social sería absoluto. Los militares tendrían órdenes de permanecer en los búnkeres, custodiando a la población seleccionada.

8. Misteriosamente, los bancos de semillas se habían multiplicado en todo el mundo. En la actualidad sumaban 1.500, repartidos en 150 países. Ello garantizaba la conservación de un 80 por ciento de las semillas básicas. El banco Svalbard, en el archipiélago del mismo nombre, en Noruega, era un ejemplo, mencionado en todos los informes. La cámara tiene capacidad para almacenar 4,5 millones de semillas.

9. Hasta las astrofísicas del cerro Tololo llegó una información que no fue posible confirmar. La NASA había puesto a disposición del Pentágono el gran descubrimiento de los años setenta: las 12 puertas dimensionales detectadas por los satélites artificiales. Cada una de estas «puertas» establecía conexión con otras dimensiones. No era obra humana. «En caso de emergencia mundial —decía la información de la NASA—, las puertas dimensionales podrían servir para la evacuación de miles o millones de seres humanos».

Stare y Yuri quedaron desconcertadas. Entre los astrofísicos, aquello era ficción.

10. Los militares habían trazado planes concretos para intentar el desvío o destrucción de un asteroide que pudiera amenazar a la Tierra. El proyecto más notable —denominado *Geos*— consistía en el envío masivo de bombas termonucleares. La primera oleada reuniría 100 cabezas atómicas. El estallido tendría que desintegrar la roca o, al menos, desviarla de su trayectoria. El informe consideraba que el «procedimiento» no gozaba del respaldo unánime de la sociedad. Pero el resto de las soluciones no parecía tan viable. Algunos científicos hablaban de «velas solares», ancladas previamente al asteroide, y que deberían modificar el rumbo de la roca. Otros defendían el uso de láseres, capaces de desintegrar la amenaza.

Stare no supo qué hacer con aquella información. Y terminó enviándosela a Kurt.

Un mes después de las verificaciones en la Cámara de la Energía Oscura, la mestiza, cada vez más confusa y desolada, decidió poner en marcha un proyecto largamente meditado: deseaba «ver» a Gog de cerca. Necesitaba hacerlo.

Por supuesto, no dijo nada a Yuri, y tampoco a Kurt.

Lo haría en solitario, tal y como le había enseñado su madre, Fuego Nuevo, la soñadora de los sarsis.

Y un amanecer, concluida la jornada en el telescopio, se encerró en su habitáculo y lo dispuso todo.

Dejó el salón en penumbra y, tras acariciar la pared de cristal de la pecera, fue a sentarse en el piso de la cocina.

El hipocampo la miró con sus ojos negros y le habló con burbujas:

—¿Qué pretendes?

Stare le envió un par de pensamientos:

—Volaré con la mente y encontraré a Gog.

—¿Quién es Gog?

La astrofísica no supo qué decirle. Y el caballito de mar envió nuevas burbujas:

—¿Qué es Gog?

—Un problema.

—¿Y cómo volarás con la mente?

—Como Supermán.

—¿Supermán?

Stare trató de tranquilizar a su amigo:

—La mente humana es una criatura fantástica. Puedo enviarla a cualquier parte...

—¿Volverás?

—Descuida... Nunca te abandonaré.

Y el hipocampo besó la pared de cristal.

Stare cerró los ojos e inició la técnica de relajación que le permitiría «volar» hasta Gog.

Empezó por los dedos de los pies, como era su costumbre.

El hipocampo siguió haciendo burbujas, pero la mestiza no lo oyó. Estaba a punto de entrar en otro mundo.

Y Stare fue repitiendo mentalmente:

«Estoy bien..., muy bien... Mis dedos flotan... Ya no los siento...».

Cada relajación, la mestiza la acompañó con sendas y profundas inspiraciones.

«Estoy bien..., perfectamente... —repetía con el pensamiento—. Mi pierna izquierda no pesa... Está relajada..., por dentro y por fuera...».

Las inspiraciones prosiguieron.

«Mi pierna derecha no pesa…».

Relajó después el vientre y las caderas y se dijo:

«Estoy bien… Mi cuerpo flota… No pesa… Estoy bien… A la cuenta de diez volaré al espacio, al encuentro de Gog, el asteroide…».

Relajó el pecho y, cuando se disponía a hacer lo propio con el brazo izquierdo, sonó el teléfono.

Stare regresó a la realidad y se alzó, enfadada consigo misma.

—¿Qué sucede? —burbujeó el hipocampo.

—Que soy una estúpida…

Stare pensó en olvidar la experiencia, pero el recuerdo de su madre la impulsó a reanudar el descenso al nivel alfa.

Descolgó el auricular y regresó al centro de la cocina. Volvió a sentarse en el piso y se tomó su tiempo.

Y repitió el proceso de relajación corporal.

«Estoy bien… Mi cuerpo y mi mente están perfectamente…».

Relajó el cuello y la cabeza, interior y exteriormente, e inspiró con fuerza.

«A la cuenta de diez —ordenó— me proyectaré mentalmente al espacio y volaré al encuentro de Gog, la gran roca… Estoy bien…».

Y Stare continuó inspirando pausadamente. Su cuerpo flotaba.

«Nueve…, ocho…, siete…, seis…».

Las inspiraciones se hicieron más y más profundas.

«Cinco…, cuatro…, tres…, dos…, uno… ¡Ya!».

Y como había practicado infinidad de veces, la mente de Stare escapó del cuerpo, proyectándose hacia lo alto.

Se sintió bien, muy bien.

Stare se detuvo a cien metros sobre el telescopio principal y contempló la carretera que serpenteaba hacia el cerro.

La luz amarilla del desierto se acercó, curiosa. La rodeó y se fue por donde había venido.

Stare sentía y veía como si estuviera en el interior de su cuerpo, pero ella sabía que no era así. Era su inteligencia la que volaba, la que percibía los colores y los detalles. Y era una percepción total. Tenía visión de 360 grados y, sencillamente, lo sabía todo. Nunca pudo explicar este benéfico sentimiento de sabiduría total. Pero allí estaba. Stare sabía igualmente que, al regresar a su cuerpo, esa sensación de posesión absoluta de la verdad desaparecería.

Contempló a lo lejos la carretera Panamericana y los vehículos que circulaban por ella.

Al fondo, como una pared, se alzaba la cordillera de los Andes. Se dirigió a ella y acarició los blancos y los azules de los picachos y sintió entre sus dedos los cristales de nieve. El viento ululó un momento, como si Stare lo hubiera despertado, pero se quedó dormido segundos después.

Era la hora...

Y la mujer dio una patada en el aire, elevándose en vertical.

Y se alejó de la Tierra.

Por el este, la noche se hacía la remolona. Vestía de violeta. Ambas se miraron, pero la noche se quedó quieta. Y Stare prosiguió su vuelo hacia la oscuridad del firmamento.

Poco después, la Tierra apareció a sus pies, indefensa y azul.

Y el espacio —negro impenetrable— fue abriéndose con desgana y con un susurro débil, casi un lamento.

La luna, falsamente blanca, la llamó con cantos de sirena.

Stare trazó algunos círculos sobre los cráteres, pero no se dejó engañar.

Repitió mentalmente las coordenadas en las que se hallaba Gog y puso rumbo a la gran roca.

Su velocidad, ahora, era superior a la de la luz; infinitamente superior. A su lado, la luz era un cangrejo inválido.

Las estrellas la dejaron pasar. Stare era una criatura de la imaginación; es decir, santa.

Y prosiguió el vuelo.

Su cuerpo era puro cristal.

Y, de pronto, en la negrura del espacio, apareció él.

Stare se detuvo, fascinada.

Gog no era negro; era más que negro. Apenas reflejaba luz.

Y esperó la aproximación del asteroide.

La gran roca presentaba una extraña forma: parecía un cacahuete; mejor dicho, unas pesas de gimnasia. Cada lóbulo podía medir del orden de 5 o 6 kilómetros de diámetro. Una delgada franja unía dichos lóbulos. En total, como habían adelantado los astrofísicos, la piedra del espacio alcanzaba entre 12 y 15 kilómetros de longitud.

Era un monstruo gigantesco...

Una especie de velo gris lo cubría en su totalidad, ocultando muchas de sus formas. De vez en cuando, el velo se abría y del interior de la roca surgían chorros de gas negro y rojo que terminaban ondulándose y formando una cabellera de más de 100.000 kilómetros.

Gog llegó a la altura de Stare...

Y lo hizo en silencio. Era un silencio amenazador y negro.

La astrofísica calculó la velocidad del asteroide: 95 kilómetros por segundo (algo más de 300.000 kilómetros por hora).

Era una criatura muerta; especialmente muerta.

Stare descendió sobre la gran roca. Estaba fría, muy fría. Incomprensiblemente se hallaba muy cerca del cero absoluto (-273 grados Celsius). Eso significaba que Gog llevaba viajando por el espacio más de 27 millones de años.

Tocó la superficie y verificó que se trataba de grafito puro. Después se introdujo en el núcleo del asteroide y quedó maravillada: era diamante. Toneladas y toneladas de un diamante amarillo, purísimo.

Hizo cálculos y supo que el peso de Gog superaba los 50.000 millones de toneladas.

¡Dios santo! ¡Cincuenta mil millones de toneladas contra la Tierra!

Después encontró iridio y diferentes cantidades de fullerenos, osmio, aminoácidos dextrógiros y tectitas.

Analizó los chorros de gas y halló lo que suponía: abundancia de deuterio, de argón y de oxígeno molecular.

Gog era un asteroide del tipo ureilita. Una roca poco común en el espacio.

Antes de abandonar al monstruo, Stare hizo una última comprobación. Y resultó positiva. En el interior encontró una cantidad anormalmente elevada de un isótopo del magnesio: el «26». Eso significaba que el asteroide procedía de la explosión de una supernova.

Junto al «26» descubrió también numerosas moléculas orgánicas. Contó más de seiscientas. Entre otras: polímeros, aminoácidos, hidrocarburos, cetonas, ácidos carboxílicos y bases nitrogenadas. Eso significaba que Gog era portador de la muerte, y también de la vida.

Y, de pronto, la astrofísica se vio rodeada por decenas de pequeñas esferas luminosas.

Las había de todos los colores.

Se aproximaban al cuerpo de cristal de Stare y pulsaban con más intensidad, como si saludasen.

Stare intentó tocarlas, pero las esferas se retiraron.

Después regresaban, curiosas.

Stare quedó fascinada. Al levantar la vista comprobó que las había a miles. Rodeaban a la gran roca. Y supo que se trataba de ángeles. Eran criaturas que escoltaban a Gog para que no se desviase...

Una de las esferas, de un violeta intenso, se acercó al rostro de la mestiza y tocó el anillo de plata de la nariz. Después se alejó entre risas. El resto de las luminarias también rio. Fue el único sonido que Stare alcanzó a distinguir.

Entonces, cuando la roca se alejaba, observó algo extraño en uno de los lóbulos.

Voló rápida y se situó de nuevo frente al gigantesco Gog.

Al principio, al comprobar que se trataba de números, pensó en típicas figuras de Widmanstätten, halladas en otros asteroides. Estas líneas, ordenadas geométricamente, aparecen en muchas rocas del espacio, pero se trata de formaciones naturales.

Stare se aproximó cuanto pudo y tocó el grafito.

Sí, era un número.

Pero ¿cómo podía ser? ¿Quién lo había grabado en la piel de Gog?

La secuencia decía: **53 25 32**.

Stare no supo interpretarlo.

Y el asteroide se distanció en la negrura. En diez años alcanzaría su objetivo: la Tierra.

Al «regresar» de la proyección mental, Stare se afanó en reunir, y poner en orden, toda la información disponible sobre las posibles consecuencias del impacto de Gog en la Tierra.

Al principio no supo por dónde empezar.

El panorama le heló la sangre.

Si el asteroide caía en tierra, dado su tamaño y velocidad, todo un continente podría quedar asolado.

Y recordó el suceso registrado en Sudbury, en Ontario (Canadá), hace 1.800 millones de años. Un meteorito de 10 kilómetros de diámetro fue a impactar en el lugar, provocando un cráter de varios kilómetros de profundidad y la desaparición del 50 por ciento de las especies de la Tierra. En el cráter ha quedado una rica mina de cobre, níquel y platino, procedente del asteroide.

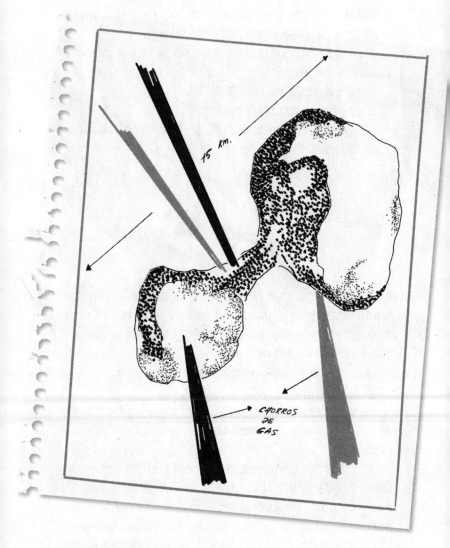

Gog. (Dibujo de J. J. Benítez.)

Extraña numeración en uno de los lóbulos del asteroide. (Dibujo de J. J. Benítez.)

Si Gog caía en el mar, las consecuencias podrían ser igualmente devastadoras..., o mucho peor.

Y fue paso a paso:

1. Energía liberada por el impacto.

Stare aplicó la fórmula $E = \frac{1}{2}mv^2$, donde E (energía cinética) es igual a la mitad de la masa (m) por la velocidad (v) al cuadrado. Si Gog pesaba del orden de 50.000 millones de toneladas y viajaba por el espacio a 95 kilómetros por segundo, la potencia del impacto sería equivalente al estallido de 500 millones de bombas atómicas.

Stare palideció.

¿Cómo imaginar una explosión de 500 millones de bombas nucleares?

Hace 3.800 millones de años, el planeta Venus fue alcanzado por un gran meteorito (probablemente de dimensiones parecidas a las de Gog) y el impacto provocó su actual y escaso momento angular, así como su rotación retrógrada. Como es sabido, todos los planetas del sistema solar tienen un mismo movimiento de rotación, excepto Venus.

En otras palabras: si Gog alcanzaba la Tierra, entre otras nefastas consecuencias, cambiaría el giro del mundo.

2. Al entrar en la atmósfera, el asteroide asesino —casi con seguridad— se partiría en dos, tres o cuatro secciones. Ellos multiplicarían los impactos y las gravísimas consecuencias.

3. El cráter principal —suponiendo que la gran roca cayera en el mar— alcanzaría los 122 kilómetros de profundidad por 325 de diámetro, como poco.

Y Stare consultó dos ejemplos de impacto, ya clásicos:

Australia: el asteroide caído en la región de Bedout (hace 255 millones de años) ocasionó un cráter de 200 kilómetros de diámetro. El continente quedó arrasado.

Yucatán: la roca que impactó en la zona de Chicxulub hace 66 millones de años dejó un cráter de 200 kilómetros de diámetro. La zona de fracturas, y el límite de los materiales expulsados por el choque, superó los 300 kilómetros. El asteroide pudo tener unos 10 kilómetros de longitud. A raíz de esa catástrofe, un 80 por ciento de las especies vivas desapareció (incluidos los dinosaurios).

4. En el lugar del impacto, una ola de fuego barrería la región, alcanzando los 1.500 kilómetros de radio. La temperatura subiría a 3.000 grados Celsius. Nada quedaría vivo.

5. La onda expansiva llegaría detrás del fuego y reventaría todo lo que encontrase a su paso. El alcance de la misma superaría los 2.000 kilómetros de radio.

6. De forma inmediata, tras el choque, se producirían gigantescos tsunamis, con olas de mil metros de altura y velocidades superiores a los 700 kilómetros por hora. Numerosas costas e islas desaparecerían bajo el mar. Al mismo tiempo, la Tierra se estremecería: seísmos superiores a 9 y 10 en la escala de Richter se extenderían por toda la Tierra, sembrando el caos y la muerte.

Vientos huracanados —superiores a 400 kilómetros por hora— barrerían el lugar del impacto y grandes extensiones próximas.

Y Stare consultó los registros de grandes olas.

La única de la que se tiene constancia oficial se produjo en la bahía de Lituya, en Alaska, en 1958.

Un terremoto provocó una avalancha de tierra y más de 30 millones de metros cúbicos de roca cayeron sobre la cabecera del fiordo. La consecuencia fue una ola de 525 metros de altura. El agua arrasó bosques enteros y cuanto halló a su paso.

7. La violencia del impacto sería de tal magnitud que provocaría el desplazamiento del magma interior. Esto, a su vez, despertaría a cientos de volcanes, tanto en las antípodas del lugar del choque como en otras zonas del planeta. Cabría la posibilidad de que las erupciones se registraran en la totalidad de los volcanes activos: 1.343.

El número de víctimas humanas —en cuestión de 48 o 72 horas— superaría los 1.200 millones.

8. Acción de las cenizas.

Las erupciones masivas de cientos de volcanes arrojarían a la atmósfera columnas de gases, hollín, fragmentos de rocas, magma y vidrio pulverizado, entre otros materiales piroclásticos. Las columnas de humo sumarían 10 teragramos (1 teragramo = un millón de toneladas métricas).

En una semana, la carbonilla se extendería a la totalidad del planeta. En 50 días (o menos), el sol quedaría oculto, provocando unas catastróficas tinieblas. La presencia de aerosoles de sulfatos (menores de una micra) en la tropopausa provocaría el incremento de la reflexión de la luz solar y, en consecuencia, la caída de las temperaturas. El enfriamiento de la Tierra sería brusco, alcanzándose, en algunas zonas, los 10 y 20 grados bajo cero. El oscurecimiento del sol podría prolongarse durante años.

Stare revisó algunos precedentes en la historia del mundo:

Volcán Toba.

Sumatra (Indonesia). Hace 74.000 años estuvo a punto de terminar con la vida humana. La erupción fue de tal magnitud que cambió la química del planeta. El mundo se oscureció y provocó un enfriamiento global. El Toba emitió más de 2.000 kilómetros cúbicos de cenizas. Las tinieblas se prolongaron durante diez años.

Año 534.

La caída de un asteroide provocó el oscurecimiento del sol y el brusco descenso de las temperaturas en Europa y parte de China. Numerosos volcanes entraron en acción y dejaron al viejo continente en una penumbra que se prolongó durante quince años. Las cosechas se perdieron y el ganado murió por falta de forraje. Después llegó una hambruna sin precedentes. Murieron miles de seres humanos. A las lluvias torrenciales siguieron periodos de largas sequías. Un velo de humo y polvo cubrió el mundo. El asteroide podía medir un kilómetro de diámetro.

Año 1709.

Una serie de erupciones volcánicas oscureció de nuevo el cielo de Europa, provocando otro «invierno nuclear». Las temperaturas bajaron a 20 y 30 grados bajo cero, ocasionando la muerte y la destrucción. Todo quedó congelado. Miles de personas murieron de frío y de hambre. Los ríos y los puertos quedaron congelados y se rompió la comunicación entre las ciudades. El mar Báltico se solidificó durante cuatro meses. Los venecianos usaban patines en lugar de góndolas. Y el Adriático y el Támesis se volvieron blancos. Después, cuando el cielo recuperó la luz, llegaron las inundaciones y las epidemias. Sólo en Francia, en los tres primeros meses de 1709, murieron más de cien mil personas. El número de víctimas, en toda Europa, se elevó a cinco millones.

Año 1783.
La erupción del volcán Laki, en Islandia, provocó otra gran tragedia. Las cenizas oscurecieron la isla y parte de Europa, ocasionando 10.000 muertos. El descenso de las temperaturas se prolongó durante dos años y terminó con la agricultura y la ganadería del lugar.

9. Como consecuencia de la oscuridad y del drástico descenso de las temperaturas, la producción agrícola en el mundo se vería seriamente afectada. La función clorofílica desaparecería y la carestía de alimentos provocaría interminables y gravísimos desórdenes. Después moriría la ganadería y la hambruna se apoderaría de la Tierra. Grandes masas de hombres y mujeres huirían de las regiones septentrionales, a la búsqueda de comida. El caos sería total. Los gobiernos desaparecerían e imperaría la ley del más fuerte. La cortina de humo interrumpiría las comunicaciones y nadie sabría qué está pasando. Los muertos se contarían por cientos de millones.
Stare lloró amargamente.

Con el paso de los días, la jefa de la Cámara de la Energía Oscura fue hundiéndose más y más. Los informes sobre Gog eran cada vez más desalentadores. El fin de la Tierra parecía cercano.

Necesitaba hablar con Kurt y replantear la necesidad de avisar a la comunidad científica. Era vital encontrar una solución.

Pero el Destino tenía otros planes...

En esos críticos momentos, Stare recibió una llamada telefónica de Pilar, la esposa de Kurt. Y le proporcionó una noticia que la desmanteló: Kurt se había matado con su coche. El accidente había tenido lugar en una triste carretera de Alemania.

Stare no supo reaccionar. Y se sintió huérfana. Kurt era su amigo y, en cierto modo, el hermano mayor que nunca tuvo.

Se retiró a su habitáculo, en el cerro Tololo, y prendió una vela en memoria del astrofísico.

La luz despertó al hipocampo y se aproximó a la pared de cristal. Stare lloraba en silencio. Y el caballito de mar burbujeó despacio. Cada burbuja tenía forma de corazón.

G O G

Esa misma mañana, tras regresar de Los Ángeles, el coronel Strom ingresó en su despacho, en la embajada estadounidense en Santiago.

El reloj de la «estación 10», en la segunda planta, señalaba las 08.00 horas.

Se relajó, prendió un pitillo y fue a sentarse frente al ordenador.

Uno de los correos electrónicos lo puso en alerta.

Procedía del general Sheridam, en la base de la USAF, en Yuma.

Le anunciaba que la «fase negra» estaba en marcha:

«El astrónomo Kurt Birke había sido anulado».

«Ahora es su turno —ordenaba—. De acuerdo con lo programado, tiene usted dos semanas para ejecutar lo establecido. Objetivos: Stare y Yuri. Buenas noches y buena suerte».

Strom respondió con un lacónico «a sus órdenes».

Minutos después abría la caja fuerte de la unidad.

Retiró un pequeño estuche de plástico verde y regresó a su mesa.

El pulso le temblaba. Prendió un nuevo cigarrillo y levantó la tapa del estuche.

Ante él apareció una batería de pequeñas ampollas de cristal, de apenas cuatro centímetros de longitud.

Contó dieciséis.

Y las examinó con satisfacción.

Cada ampolla contenía un líquido transparente. En la tapa del estuche, en una pegatina roja, se leía: «*Chlamydia pneumoniae*».

Strom conocía muy bien los efectos de aquella bacteria patógena. Había trabajado con ella en otras misiones...

A las seis u ocho horas del suministro a la víctima, la *Chlamydia* —conocida como *parásito energético*— tenía la propiedad de reproducirse exponencialmente por fisión binaria, llenando el fagosoma de los cuerpos reticulados.

Cada ampolla contenía un millón de colonias de *Chlamydia pneumoniae.*

Para que tuviera efecto, y de forma inmediata, la *Chlamydia* debía ser vertida en una bebida alcohólica que contuviera clara de huevo.

En un máximo de 48 o 72 horas, la *Chlamydia,* tras ingresar en el torrente sanguíneo, paralizaba el funcionamiento del hígado, trasladándose después a la aurícula derecha del corazón. La parasitación de los miocitos terminaba, indefectiblemente, en una gravísima insuficiencia cardíaca. La víctima moría de un «súbito ataque al corazón». Paralelamente, además de la arteritis sistémica generalizada, la *Chlamydia* provocaba un cataclismo a nivel cerebral, pulmonar, pancreático y renal.

De practicarse una autopsia, la *Chlamydia* era indetectable. El certificado médico hablaba siempre de «parada cardíaca», sin más. Difícilmente podía atribuirse el fallecimiento a un atentado.

Strom lo sabía: la *Chlamydia pneumoniae* era la reina de los «oscuros», los agentes ejecutores de la inteligencia militar.

Y el coronel lo planificó minuciosamente...

Primero procedería con Yuri. Era lo más fácil. Después se ocuparía de Stare.

Lo ideal era suministrar la *Chlamydia* en un pisco *sour,* una bebida muy popular en Chile.

Así lo haría.

Y Strom —inmutable— cerró el estuche de plástico verde y lo guardó en su portafolios.

Aquel viernes llovió torrencialmente en Santiago...

El coronel Strom abandonó la embajada a las 13 horas. Subió a su vehículo y se dirigió a la ciudad de La Serena. Allí lo esperaba Yuri.

A las seis de la tarde llamaba a la puerta del apartamento de la coreana.

La astrofísica lo recibió con frialdad.

Tras la confesión de Yuri, el coronel había desaparecido.

—¿Dónde has estado? —lo interrogó con dureza—. No he sabido nada de ti en días...

—Por ahí —respondió Strom sin mirarla—. En el extranjero... He tenido mucho trabajo... He verificado el asunto de tu amigo Gog.

Yuri le mostró su teléfono celular y simplificó:

—¿Por qué no has llamado? Podía estar muerta...

La alusión a la muerte arrancó una breve mueca en el rostro de Strom. Pero Yuri no comprendió.

Y el coronel depositó el portafolios en el sofá del salón. Después se aproximó a la mujer e intentó besarla.

Yuri seguía enfadada y esquivó el abrazo.

—Tenías razón —Strom rectificó sobre la marcha—. Teníais razón... Gog existe y se acerca.

Yuri, curiosa, lo interrogó:

—¿Cómo lo has sabido?

—Eso no puedo decírtelo, pero estáis en lo cierto.

—No comprendo...

—Tenemos nuestros propios medios.

Y Yuri, desconcertada, vio a Strom abrir el portafolios. Extrajo un papel y, tras examinarlo brevemente, se lo ofreció a la coreana.

—Es un mapa del lugar del posible impacto —aclaró con solemnidad—. Sé lo mucho que te gustan los mapas...

Dudó un segundo y prosiguió:

—Y éste mucho más...

En el plano, Yuri observó una flecha en las proximidades de las islas Bermudas, al norte del Caribe.

—¿De dónde lo has sacado?

—Eso es lo de menos. Los satélites hacen milagros...

—¿Satélites?

—¿Has oído hablar del IRAS?

—Creo que se trata de un satélite astronómico. Leí algo hace tiempo. Trabaja en el infrarrojo y dispone de un telescopio Cassegrain de 56 centímetros, enfriado con helio líquido hasta casi el cero absoluto...

—¡Bravo! —estalló Strom—. Las placas TP-2415 de esos satélites son especialmente sensibles. Pueden captar a un hombre en la luna...

—¿Y han fotografiado a Gog?

—A pesar de su bajísima luminosidad, sí. Sus dispositivos de carga acoplada tienen un rendimiento cuántico muy elevado, superior al 55 por ciento.

—¿Estás hablando del «RQ»?

—Sí.

—¿Y qué sabes tú de eso?

El coronel sonrió con desgana.

—Sé más cosas de las que puedas imaginar...

—¿Cuántos píxeles tienen esos CCD?

Strom sabía que Yuri lo estaba probando, y replicó sin titubeos:

—90.750 en cada matriz. Cada píxel mide 23 por 27 micrones... Eso nos da una superficie de captación de 8,6 por 6,5 milímetros... ¿Satisfecha?

Yuri lo miró, perpleja. Y pensó: «¿Quién es realmente el coronel Strom?».

Pero regresó a la realidad:

—¡Bermudas!

—Eso parece —confirmó el coronel—. El impacto, o los impactos, se registrarán en agosto de 2027.

—¿Quién lo ha confirmado?

Strom cedió. «Después de todo —pensó—, a Yuri no le queda mucho tiempo...».

—El seguimiento lo ha hecho, y lo hace, la Navy.

—¿No hay posibilidad de error?

—¿Lo hay en vuestros cálculos?

En ese instante sonó el teléfono del coronel. Strom se disculpó y salió a la terraza. Yuri alcanzó a escuchar algunas de las palabras:

«Está en marcha, mi general... Hoy o mañana... Descuide... Tengo dosis de sobra... No se preocupe, usted será el primero en saberlo... Por supuesto... A sus órdenes».

Al regresar al salón, Strom se frotó las manos y exclamó, feliz:

—Esto hay que celebrarlo. ¿Tenemos vino?

Yuri negó con la cabeza y, confusa, terminó preguntando:

—¿Qué es lo que tenemos que celebrar?

El coronel sonrió y señaló el mapa del impacto, olvidado sobre la mesa del salón.

—No tardaré —manifestó Strom mientras abría la puerta de la calle—. Buscaré una botella de *sauvignon blanc*. Sé que te gusta...

—Está bien —respondió la coreana sin demasiado entusiasmo—. Prepararé la cena.

Y Strom desapareció rumbo a la calle.

Yuri caminó hacia la cocina, pero, al cruzar por el salón, se percató de la presencia del portafolios del coronel. Permanecía olvidado en el sofá, y abierto.

La coreana se extrañó. Strom siempre lo cerraba.

Dudó unos instantes.

Pero la curiosidad tiró de ella.

Se aproximó y tanteó en el interior.

Sintió algo frío. Era la pistola de Strom. La soltó al momento, asqueada. Y continuó la inspección.

En el fondo del portafolios descubrió un estuche de plástico. Era de color verde.

Abrió la cremallera de un bolsillo interno del portafolios y descubrió un sobre azul.

Volvió a dudar. Consultó el reloj. Strom no tardaría en volver. Tenía que darse prisa.

Y se decidió por el estuche.

Al abrirlo encontró dieciséis ampollas de cristal. Parecía un medicamento. Y leyó la pegatina roja: «*Chlamydia pneumoniae*».

¿Padecía el coronel alguna dolencia que ella no supiera?

E incapaz de dominar la curiosidad extrajo la cartulina que contenía el sobre azul.

Y leyó, atónita: «Fase negra. Dispone de un plazo de dos semanas para "anular" a cuantos tengan conocimiento de Gog».

Sintió un escalofrío.

En la cartulina se mencionaba su nombre y el de su jefa, Stare.

«… Ejecutor: coronel Strom. Procedimiento: el acostumbrado».

Y Yuri, de pronto, recordó las palabras de su novio en la terraza cuando hablaba por teléfono: «Está en marcha, mi general... Hoy o mañana... Tengo dosis de sobra...».

Y mil ideas la sobrevolaron.

Yuri no daba crédito.

¿Qué estaba pasando?

La mujer devolvió el estuche y el sobre azul al fondo del portafolios y se dirigió a la cocina.

«¡El muy hijo de puta!», pensó.

Y notó cómo le temblaban las manos. Tuvo que dejar el cuchillo y sentarse.

Y, lentamente, fue recuperando el aliento.

No podía creerlo.

Y regresó al portafolios.

Se hizo con el sobre azul y lo guardó en la blusa. Pensó en enseñárselo a Strom y pedirle explicaciones. Pero la intuición, a su lado, susurró algo diferente. Y Yuri continuó con la cena.

Algunas ideas la desbordaron. «¿Qué era la *Chlamydia pneumoniae*? ¿Por qué el coronel aseguró que disponía de dosis suficientes? ¿Quién era ese general? Y, sobre todo, ¿quién era en verdad el coronel Strom? ¿Por qué los nombres de Yuri y Stare aparecían en aquel documento?».

Strom regresó con una botella de *chardonnay*.

—No encontré el *sauvignon,* pero este Viña Tarapacá también te gustará... Es un gran reserva.

Yuri disimuló como pudo y el coronel procedió a abrir la botella.

Brindaron por Gog.

Horas después, de madrugada, mientras Strom roncaba, la astrofísica se sentó frente al ordenador y supo qué era la *Chlamydia* y para qué servía.

«¡Malparido! —masculló entre dientes—. ¡Mil veces malparido!».

Y la luz se fue abriendo paso en su angustiada mente.

Ahora comprendía.

Strom la había utilizado desde el principio... Y ahora pretendía asesinarla.

Yuri acudió al portafolios, pero lo encontró cerrado con llave. El registro de las ropas de su novio fue en vano. Y la coreana no pudo hacerse con la pistola.

Esa fue la idea inicial: terminar con la vida de Strom de un disparo. Pero la intuición volvió a pasar frente a la astrofísica y se la llevó de la mano a la terraza.

Tenía que pensar...

Y allí se sentó, desconcertada y cubierta de estrellas.

«¿Qué debo hacer?».

Las estrellas, a millares, cuchichearon entre ellas, como si conocieran la tragedia de la coreana. Y se lanzaban brillos entre sí.

Yuri lloró hasta la llegada de la luz amarilla.

Esa mañana del sábado, Strom se levantó muy tarde.

La coreana se encontraba en un rincón de la cocina, sentada en el suelo y envuelta en una manta. Su palidez era más acusada de lo normal. Tenía los ojos cansados y rojos.

Respondió a las preguntas del coronel con monosílabos casi ilegibles y agotados.

Poco faltó para que vomitara cuando Strom trató de acariciarla.

Pero se repuso y siguió pensando a gran velocidad: «¿Qué hago con este miserable? ¿Cómo puedo evitar que me mate?».

Strom no desayunó. Consultó el reloj y declaró:

—Es la hora perfecta para preparar un aperitivo...

Yuri lo vio trastear en la cocina y siguió en el rincón simulando que dormía. De vez en cuando entornaba los ojos y espiaba los movimientos del militar.

El coronel preparó los ingredientes y exclamó para sí:

—Probarás el pisco *sour* de tu vida...

Miró a Yuri y, creyéndola dormida, empezó a canturrear en voz baja:

—Pisco puro de quebranta..., jugo de limón..., media clara de huevo..., jarabe de goma y cuatro gotas de zumo de lima... Y hielo..., catorce cubitos...

Introdujo el cóctel en la licuadora y la dejó ronronear durante cinco segundos.

Después, satisfecho, vertió el pisco en una de las copas. Y lo hizo en dos tiempos, dejando que el licor respirase. Llenó la copa hasta la mitad, canturreó otro poco, y terminó llenándola. Y repitió la maniobra con la segunda copa.

Acto seguido se volvió hacia la coreana y la observó con frialdad.

Yuri, entonces, lo vio introducir la mano en el bolsillo izquierdo del pantalón. Sacó una ampolla de cristal, pero ésta resbaló entre los dedos y fue a rodar por la moqueta del piso. Y se detuvo a un metro escaso de la coreana.

Strom miró primero a la mujer. Seguía con los ojos entornados.

Después localizó la maldita ampolla y, silencioso, se agachó y la recuperó.

De regreso al mostrador donde había preparado el brebaje, el coronel se centró en la primera copa. Partió la ampolla y vació el líquido transparente en el apetitoso pisco *sour*.

Después se volvió y examinó de nuevo a la mujer.

Yuri continuaba dormida (aparentemente dormida). En realidad había seguido todos y cada uno de los movimientos de Strom.

«¡Malparido! —pensaba— ¡Maldito malparido!».

Strom tomó las copas y las trasladó a la pequeña mesa de la cocina. La que tenía la *Chlamydia* quedó más cerca de Yuri.

Y en esas estaba cuando sonó el teléfono móvil del coronel.

El militar se dirigió de nuevo a la terraza y habló:

«Sí, mi general... El cebo está colocado...».

Y ocurrió algo no previsto ni por la propia Yuri.

La coreana se levantó, se aproximó a la mesa y cambió las copas de lugar. La envenenada quedó en el sitio del coronel.

Todo fue vertiginoso.

Yuri regresó a su rincón, se tapó con la manta y siguió oyendo las palabras de Strom:

«... con la otra no sé cómo actuar... Tengo que estudiar el asunto... De acuerdo, de acuerdo... A sus órdenes, mi general...».

Y el coronel abandonó la terraza, situándose junto a la mesa de la cocina.

Nada parecía haber cambiado.

Yuri notó cómo las lágrimas peleaban por derramarse sobre la tribu de pecas. Pero resistió.

«La otra» sólo podía ser Stare...

La mujer terminó abriendo los ojos y contempló al coronel como si jamás lo hubiera visto.

Trató de sonreír pero no lo consiguió.

Se alzó, dejó caer la manta y se aproximó a la mesa, simulando sorpresa ante las copas de pisco.

Tomó la suya y la levantó.

Strom la imitó y sonrió con los ojos de obsidiana.

—¡Por el maldito Gog! —brindó ella.

—¡Por el maldito Gog! —repitió el militar.

Y Strom apuró la copa, hasta el fondo.

—¡Delicioso! —exclamó el coronel—. ¿No lo vas a probar?

Yuri bebió un sorbo y cerró los ojos, saboreando el licor.

—¡Delicioso! —repitió con una sonrisa que hizo perder el equilibrio a las pecas—. Tienes una mano maestra para estas cosas...

Y, de inmediato, para satisfacción del coronel, la coreana apuró su copa.

Y el sábado se estiró, lento, muy lento...

El lunes, a eso de las seis de la mañana, cuando Yuri entró en el baño, se encontró a Strom muerto.

La coreana reaccionó con más entereza de lo que hubiera supuesto.

Avisó a Stare y a los servicios de emergencia.

Los médicos certificaron la muerte del coronel.

«Posible ataque al corazón», dijeron.

Stare llegó poco después. Y quedó perpleja ante el frío comportamiento de su ayudante.

Yuri dejó que su jefa condujera la situación.

Stare telefoneó a la embajada estadounidense y comunicó el triste desenlace del coronel. Un vehículo se trasladaría a La Serena para recoger el cadáver.

Fue en esas horas, mientras aguardaban la llegada del furgón, cuando Yuri manifestó a Stare lo que había ocurrido. Y lo hizo sin omitir detalle. Le habló de la confesión a Strom y le mostró el mapa, con el lugar del impacto de Gog, así como la cartulina del sobre azul.

Stare, desconcertada, no supo qué decir.

Examinó el mapa en silencio y leyó su nombre en la cartulina que escondía el militar.

Después forzaron el portafolios y comprobaron que faltaba una ampolla en el estuche de plástico verde.

Y decidieron deshacerse del portafolios...

—Tenemos que huir —coincidieron—. Estos sujetos no tardarán en averiguar la verdad...

A primera hora de la noche llegó el furgón y, con él, tres funcionarios de la embajada. Retiraron el cadáver e interrogaron a Yuri. Después regresaron a la capital.

Al ingresar a la Cámara de la Energía Oscura, Stare y su ayudante borraron todas las huellas del asteroide.

Tomaron la pecera, con el hipocampo, y se dirigieron por carretera hacia Santiago.

No dieron explicaciones. Sencillamente, huyeron...

Antes de embarcar en el avión que las llevaría a Canadá, Stare telefoneó a un viejo amigo. Y concertaron una entrevista en el aeropuerto esa misma tarde.

Jorge Anfruns era un veterano periodista chileno. Trabajaba para la agencia de noticias Reuter. Se burlaba de sus cincuenta años y de su pelo blanco. Parecía un príncipe. Siempre iba a la moda. Era experto en cuestiones espaciales, aunque su vicio secreto era el estudio de la kábala judía. Nunca sonreía. «La vida —decía— no lo merece».

Y Stare fue derecha al grano. Habló de Gog —lo justo— y le hizo entrega de una carpeta con las fotos del asteroide y parte de la información recopilada por las mujeres.

Yuri asistió a la conversación (mejor dicho, al monólogo) en total silencio. La imagen de Strom, en la bañera, la perseguía... Entre sus manos descansaba una bolsa transparente de plástico. En ella nadaba el caballito de mar, propiedad de Stare. Las burbujas eran de color tristeza. Stare se lo regalaría al periodista.

Finalmente, la astrofísica recomendó a Anfruns que actuara con prudencia.

Y las mujeres se alejaron...

Esa noche, el periodista leyó la documentación con tanto detenimiento como sorpresa.

Jamás había oído hablar de Gog.

Poco faltó para que archivara el asunto. No sabía por dónde empezar.

Pero, a la mañana siguiente, la intuición pasó por su lado, y de puntillas.

Y Anfruns comprendió.

Se apresuró a mover algunos hilos y empezó por ALMA, el mayor complejo radioastronómico del mundo. Su contacto lo dejó frío: «Allí, nadie sabía nada sobre la gran roca llamada Gog».

Las 66 antenas plantadas en el desierto de Atacama miraban en otras direcciones.

Pero la conexión con la astrónoma no fue en vano.

La mujer aprovechó la conversación con el popular periodista y le habló de un cuerpo celeste que sí preocupaba a los científicos.

Y Anfruns recibió otra información que lo dejó perplejo:

Un gigantesco cuerpo se aproximaba al sistema solar. Fue descubierto en 1983, pero la NASA y el gobierno estadounidense lo habían ocultado.

El cuerpo recibía el nombre de *Némesis* (entre otros). Era cuatro veces mayor que el planeta Júpiter y unas 1.300 veces superior a la Tierra. Los astrónomos calcularon su diámetro en 572.000 kilómetros.

Procedía, al parecer, de la región de Tilo. La cercanía al sistema solar —según la astrónoma— podía provocar graves perturbaciones en el sol, así como en el resto de los planetas. Némesis no viajaba en rumbo de colisión con nuestro mundo, pero su fuerte campo magnético podría alterar el clima de la Tierra, así como la posición de nuestro eje. La cercanía de esta gigantesca estrella enana marrón causaría formidables llamaradas en el sol que, a su vez, alterarían nuestro clima. Los polos sufrirían un fuerte impacto y las aguas subirían en todo el mundo hasta alcanzar niveles insospechados, superiores a los setenta metros. Némesis viaja por el espacio con un cortejo de lunas.

Según algunos científicos, este astro fue el causante de la desaparición de la mítica Atlántida hace 13.000 años.

En la actualidad se encontraría a 500 unidades astronómicas de nuestro sistema solar.

Anfruns la interrumpió y preguntó:

—¿Has dicho 500 unidades astronómicas?

—Eso he dicho...

—Entonces, Némesis se encontraría mucho más allá que Gog...

La astrónoma preguntó a su vez:

—¿A qué distancia se encuentra ese supuesto asteroide?

—Según mis notas, a 150 unidades astronómicas...

Y la astrónoma rio con ganas:

—Si eso fuera así, querido Anfruns, Némesis no tendría ninguna importancia.

Y remató el pensamiento:

—Gog terminaría con la Tierra mucho antes de la llegada de Némesis.

Y la astrónoma interrogó al periodista:

—¿Por qué ningún observatorio ha hablado de Gog?

—Sinceramente, lo ignoro. Sólo puedo decirte que mi fuente es fiable.

—¿Se trata de astrónomos profesionales?

—Sí.

—¿Puedes decirme en qué observatorios ha sido detectado?

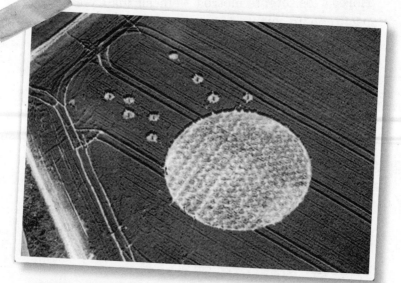

Figura aparecida en los campos de cereales de Gran Bretaña en el año 2000. ¿Se trata de Némesis? (Cortesía de Lucy Pringle.)

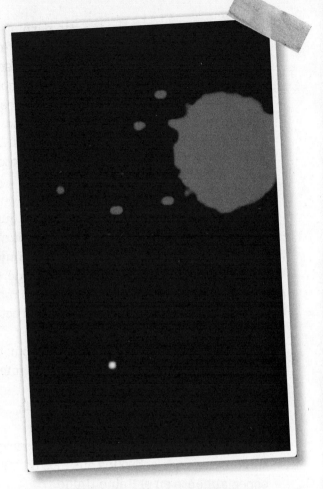

Némesis, fotografiado en 2003. (Reproducción a color en las guardas.)

—Muy cerca de ALMA. No puedo decirte más…

—Pero —insistió la mujer— una cosa así, tan grave, debe ser conocida por la comunidad científica.

Anfruns le pasó las coordenadas de Gog y solicitó a su contacto que lo mantuviera informado.

La astrónoma dijo que sí y le proporcionó dos documentos gráficos, supuestamente relacionados con Némesis.

El periodista los examinó con perplejidad.

El primero había aparecido el 12 de julio del año 2000 en los trigales de Adams Grave, en la región inglesa de Wiltshire. Se trataba de un enorme círculo, seguido de otros nueve, más pequeños.

—Es Némesis —aclaró la astrónoma—. «Ellos» lo dibujaron en los campos de cereales...

Después, refiriéndose a la segunda fotografía, comentó:

—Fue captada el 12 de abril de 2003 por la NASA.

En ella se veía un cuerpo gemelo al que apareció en los campos de cereales de Gran Bretaña.

Y Anfruns se preguntó: «¿Quién dibujó la figura del Reino Unido? ¿Cómo supieron que sería fotografiada por los astrónomos tres años más tarde?».

Miró a la astrónoma y preguntó directamente:

—¿Ellos? ¿Quiénes son ellos?

La mujer se limitó a sonreír y miró hacia lo alto.

Anfruns, como un perfecto tonto, miró también hacia el techo.

Después, al comprender, se sonrojó.

Y siguieron llegando las sorpresas.

Desconcertado y maravillado, el periodista continuó indagando sobre los círculos de las cosechas; especialmente en el Reino Unido.

Y en una de las exploraciones fue a dar con una imagen que le llamó la atención.

La formidable figura había surgido, de la noche a la mañana, como casi todas, el 26 de junio de 1995 en los campos de cereales de Winchester.

Estaba formada por una serie de círculos que recordaban al sol y los primeros planetas de nuestro sistema solar. Alrededor de éstos se apreciaba otro gran círculo.

Figura de 88 metros de diámetro, aparecida en los campos de cereales de Winchester (Gran Bretaña) en junio de 1995.

Y Anfruns sintió que la bella intuición tocaba en su hombro.

Se hizo con una lupa y, con mucha paciencia, inspeccionó la figura.

La imagen había sido bautizada como *el planeta desaparecido*.

Y el periodista, tras recorrer la figura en todas las direcciones posibles, se puso a jugar con los círculos.

En la imagen, efectivamente, aparecían dibujados el sol, Mercurio, Venus y Marte (con sus respectivas órbitas). El círculo exterior podía ser el cinturón de asteroides de Júpiter. Misteriosamente, la órbita de la Tierra se presentaba vacía.

Y Anfruns se preguntó:

—¿Qué trataron de comunicar?

La respuesta de la intuición fue inmediata: «Gog».

Anfruns sumó la totalidad de los círculos —incluidos el sol y los planetas— y obtuvo una cifra: 71.

Acudió a la kábala y comprobó que «71» equivale a la palabra «profecía».

Quedó perplejo.

De esos 71 círculos, 67 correspondían al supuesto cinturón de asteroides.

Y siguió jugando con los números.

«67» tiene el mismo valor numérico que «matanza, destruir, tragar, devorar, cosecha y lenguaje» (entre otras acepciones).

Y Anfruns consideró la siguiente «lectura»: «Profecía: la destrucción de la cosecha».

«¿Procederá Gog del cinturón de asteroides?».

La pregunta no tenía sentido. De ser cierto, la gran roca procedía de algún lugar más apartado.

Lo que sí estaba claro para Anfruns es que la figura de Winchester avisaba de una gran tragedia. Es por ello que el planeta Tierra no figuraba en el dibujo.

Y Anfruns empezó a comprender la angustia de Stare. Nadie creería una historia tan aparentemente loca como aquella...

Pero, fiel al instinto, el periodista continuó con sus indagaciones.

Y buceó en el mundo de las profecías.

¿Qué decía la Biblia al respecto? ¿Hablaba de Gog?

Algunos de los pasajes lo desconcertaron.

El profeta Isaías dice: «He aquí que el día de Yavé viene implacable... el arrebato, el ardor de su ira, a convertir la Tierra en yermo y a exterminar de ella a los pecadores. Cuando las estrellas del cielo y la constelación de Orión no alumbren ya, esté oscurecido el sol en su salida y no brille la luz de la luna, pasaré revista al orbe por su malicia y a los malvados por su culpa...».

Por su parte, Zacarías, en 13, 8-9, lanza lo siguiente: «Y sucederá en toda esta tierra —oráculo de Yavé— que dos tercios serán exterminados de ella y el otro tercio quedará en ella...».

Más adelante, en el capítulo 14, 6-7, el profeta avisa: «Aquel día no habrá luz sino frío y hielo. Un día único será —conocido sólo por Yavé—: no habrá día y luego noche, sino que a la hora de la tarde habrá luz».

Anfruns consultó también a Jeremías.

En 1, 14, profetiza así: «Y me dijo Yavé: "Es que desde el norte se iniciará el desastre sobre todos los moradores de esta tierra"».

Más adelante, en 4, 6-8, asegura: «Porque yo traigo una calamidad del norte y un quebranto grande. Se ha levantado el león de su cubil, y el devorador de naciones se ha puesto en marcha: salió de su lugar para dejar la tierra desolada. Tus ciudades quedarán arrasadas, sin habitantes».

Y el periodista meditó: «Gog podría impactar en el hemisferio norte. Concretamente en las islas Bermudas». Eso le había comunicado su amiga Stare.

Y terminó la revisión del Antiguo Testamento con un pasaje de Ezequiel (38, 19-21): «En mi cólera, en mis celos, en el ardor de mi furia lo digo: "Sí, aquel día habrá un gran terremoto en el suelo de Israel. Temblarán entonces ante mí los peces del mar y los pájaros del cielo, las bestias del campo y todos los reptiles que serpean por el suelo, y todos los hombres de sobre la faz de la tierra. Se desplomarán los montes, caerán las rocas, todas las murallas caerán por tierra...".».

Finalmente, al revisar el Apocalipsis, halló un par de textos inquietantes:

En el capítulo 6 (versículos 12 al 17) leyó: «Y seguí viendo. Cuando abrió el sexto sello, se produjo un violento terremoto; y el sol se puso negro como un paño de crin, y la luna toda como de sangre, y las estrellas del cielo cayeron sobre la tierra, como la higuera suelta sus higos verdes al ser sacudida por el viento fuerte; y el cielo fue retirado como un libro que se enrolla, y todos los montes y las islas fueron removidos de sus asientos; y los reyes de la tierra, los magnates, los tribunos, los ricos, los poderosos, y todos, esclavos o libres, se ocultaron en las cuevas y en las peñas de los montes. Y dicen a las peñas y a los montes: "Caed sobre nosotros y ocultadnos de la vista del que está sentado en el trono y de la cólera del Cordero. Porque ha llegado el Gran Día de su cólera, ¿y quién podrá sostenerse?"».

En 8, 8-10, Juan, el Evangelista, afirma: «Entonces fue arrojado al mar algo como una enorme montaña ardiendo, y la tercera parte del mar se convirtió en sangre. Pereció la tercera parte de las criaturas del mar que tienen vida, y la tercera parte de las naves fue destruida. Tocó el tercer Ángel... Entonces cayó del cielo una estrella grande, ardiendo como una antorcha».

Anfruns, desconcertado, tuvo que admitir que la precisión del evangelista era casi total: «Entonces fue arrojado al mar algo como una montaña ardiendo»(!).

«Suponiendo que Gog sea cierto —reflexionó—, la descripción de Juan es muy certera: "una montaña ardiendo". Eso sería la gran roca al entrar en la atmósfera».

Y repasó de nuevo los datos de Stare.

Gog alcanzaba unas dimensiones parecidas o superiores al monte Everest: más de once kilómetros.

«Eso, en efecto, es una montaña en llamas».

Pero Anfruns, escéptico, pensó que aquellas profecías podían referirse a otro tipo de calamidades: guerras, invasiones y catástrofes naturales. No tenían por qué hablar de la caída de un gran asteroide.

La reflexión lo tranquilizó, a medias.

Y durante varias semanas se dedicó a estudiar lo dicho por otros videntes.

Juan Bosco, en el siglo XIX, había dicho: «Soplará todavía un violento huracán. La iniquidad es consumada. El pecado tendrá fin. Y antes de que transcurran dos plenilunios del mes de las flores, el iris de paz aparecerá sobre la Tierra. El Gran Ministro verá a la Esposa vestida de fiesta. En todo el mundo aparecerá un sol tan resplandeciente que nunca se vio desde las llamas del Cenáculo hasta hoy, ni podrá verse hasta el último de los días».

Tradicionalmente, mayo (entre los católicos) es el mes de las flores. Pues bien, mayo de 2026 es el único que disfruta de dos plenilunios.

Enzo Alocci dijo: «El cielo y la tierra se acercarán y el fuego vendrá sobre la Tierra. El mundo quedará cubierto de cadáveres y muchas naciones desaparecerán».

En 1968, el citado vidente de Porto San Stefano aseguró: «Nada será visible para los hombres. El aire se tornará pestilente y causará graves daños. Habrá una espantosa oscuridad universal...».

Verónica Lueken afirmó: «... La gran bola parecía un sol y avanzaba vertiginosamente a través del espacio durante años, meses y días. Una bola gruesa como un sol que quemaba; y detrás un reguero de fuego que atravesaba el cielo hacia la Tierra, girando y produciendo un gran calor».

Verónica Lueken vio ciudades ardiendo y a la multitud corriendo despavorida; el aire era espeso y falto de oxígeno y las olas del mar se levantaban y avanzaban hacia tierra firme.

La religiosa polaca Faustina Kowalska dijo: «Escribe esto —le reveló el Señor—: antes de que yo venga como justo juez, vendré primero como rey de misericordia. Precediendo el día de la justicia habrá una señal en el cielo, dada a los hombres. Toda luz será apagada en el firmamento y en la Tierra. Entonces aparecerá, venida del cielo, la señal de la cruz. Esto será poco tiempo antes del último día».

Elena Aiello, por su parte, aseguró: «Una tempestad de fuego caerá sobre la Tierra. Este castigo terrible que nunca se ha visto en la historia de la humanidad durará sesenta horas...».

José Irlmaier (otro vidente) afirmó: «No salgáis de vuestras casas; las luces no alumbrarán, excepto las producidas por las velas de cera bendita; la corriente eléctrica no funcionará. El que respire el polvo de fuera sufrirá convulsiones y morirá. No abráis las ventanas. Fuera ronda la muerte por el polvo y la falta de oxígeno».

Adan Aschaffenburg profetizó lo siguiente: «Grande y terrible será lo que va a venir, pero antes de que suceda esto van a acontecer gran cantidad de cosas. Se revolverán el mar, el viento y la tierra. Todas las fuerzas de la Tierra quedarán paralizadas. Un gran lamento surgirá. La Tierra quedará como desalojada de su posición, y un gran seísmo sacudirá la Tierra. El mundo se sale de su ruta. Una tercera parte de la Tierra será aniquilada. Surgirá un nuevo continente; otro continente se hundirá. Tan espantosa será la sacudida del globo que todo el mundo gritará: "¡Ha llegado el fin del mundo!"».

Y Anfruns buscó también en las célebres *Centurias* de Nostradamus.

Pero no halló gran cosa, salvo un texto contenido en el prefacio que Nostradamus dedica a su hijo, César. Dice así: «Pero hasta aquí, hijo mío, no voy a preocuparme demasiado por la futura capacidad de tu inteligencia; también sé que las letras sufrirán una enorme e incomparable pérdida, y veo que el mundo, justo antes de la conflagración universal, tendrá tales diluvios e inundaciones que no habrá país que no esté cubierto por el agua, y durará tanto esta situación que todo morirá, excepto las Etnografías y las Topografías (?). Aún más, antes y después de estas inundaciones, las lluvias habrán sido tan débiles en algunos territorios, y caerá del cielo tal abundancia de fuego y rocas incandescentes que apenas quedará nada sin arder, y esto ocurrirá poco antes de la última conflagración».

Anfruns consiguió una copia de los llamados *Libros sibilinos* y leyó, perplejo: «... El fuego descenderá sobre la Tierra. He aquí los signos que lo anunciarán: al salir el sol se verán espadas, se oirán estruendos y fragores formidables; el fuego consumirá toda la Tierra y destruirá la raza humana... Todo se reducirá a un polvo negro».

Leyó también los libros de Lucano y descubrió lo siguiente: «El fuego destruirá el mundo. Nada escapará al furor de las llamas el día que el cielo y la tierra se confundan en una sola hoguera».

Séneca, por su parte, también hizo de profeta, y escribió: «Cuando llegue el tiempo en que el mundo fenezca para renovarse después, las cosas se destruirán por sí mismas, las estrellas chocarán con las estrellas, y la materia se incendiará en todos sus lados: y toda la armonía que admiramos hoy arderá en un fuego universal».

Juan de Vatiguerro aseguró: «Habrá una pasmosa y cruel escasez de alimentos que será tan grande y tal por todo el mundo y sobre todo en las regiones de Occidente que, desde el principio de los tiempos, nunca se habrá oído hablar de algo semejante».

La lista de profecías era interminable...

Y Anfruns, agotado y tembloroso, apagó la luz de su entendimiento. No deseaba averiguar nada más.

Pero el alejamiento de Gog duró poco...

En esos días, como caído del cielo, llegó a sus manos un libro sobre Benjamín Solari Parravicini, un pintor argentino que, además, profetizaba con sus dibujos.

No pudo resistirse. Y leyó, hipnotizado:

«Se acerca la hora de la explosión...

Se acerca la oscuridad final...

Se aproxima el fuego de los fuegos...

Se escucha ya la voz del cataclismo: aguas, llamas, desmoronamiento, destrucción de ciudades, nuevas tierras, nuevos mares, nuevas montañas, ciudades muertas y el lodo universal de cadáveres terminados...

Más tarde ¡la explosión! Y el silencio...

Será silencio..., por silencios de tiempo, los que serán tres».

Cinco de aquellos dibujos —realizados por Parravicini en 1938 y 1972— parecían hablar de Gog.

En esos días, Anfruns recibió una misteriosa comunicación de la astrónoma de ALMA.

Decía escuetamente:

«Los telescopios han localizado a nuestro amigo... Confirmada la posible fecha de su llegada: agosto de 2027».

Con el mensaje llegó también un enigmático dibujo —en rojo y negro—, plagado de signos y fechas.

El periodista lo observó durante horas, pero terminó mareado.

Parecía un pantáculo hebreo.

En la parte inferior, junto a catorce estrellas rojas, se distinguía un número que empezaba a ser familiar para el confundido Anfruns: «2027».

Su contacto en ALMA había escrito junto a la fecha: «El día grande y terrible».

Anfruns contó las estrellas de ese segmento (14) y buscó la equivalencia en kábala:

«Catorce estrellas de cinco puntas...».

Y multiplicó 14 por 5.

«Setenta... Es decir: ¡GOG VU MAGOG!... ¡Dios mío!... Gog y Magog: las naciones que extraviará Satán para la guerra y que aparecen en el Apocalipsis...».

Por si le quedaba alguna duda, las catorce estrellas de la parte inferior del pantáculo formaban la palabra *HAVHAV*, que se traduce como «llamas del infierno».

Sumó después el número total de estrellas rojas (42) y vio que equivalía a «terror, espanto, confusión, destrucción, ruina, temblar, mundo y tierra».

Y continuó con la kábala...

Las ocho estrellas restantes (negras) tenían el mismo valor numérico que las palabras «conmover, sorprender y temer».

Y, atónito, regresó a las catorce estrellas rojas del segmento inferior.

No podía ser...

«14» equivale a «holocausto, lamentar, gemir y arder».

Aquello no era casual. ¿De dónde había sacado la astrónoma aquel endiablado enigma?

Mirase por donde mirase, el pantáculo hablaba...

La suma de todas las estrellas (50) era equivalente a «oeste y mar».

¡Gog se precipitaría en el océano Atlántico!

Los cuatro bloques de estrellas rojas de la parte superior del pantáculo sumaban 28. En kábala, «28» es igual a la palabra hebrea *YIJUD*; es decir: «separación, aislamiento». «28», además, equivale a «renacer».

Y Anfruns estableció una lectura provisional para aquel galimatías: «Gog traerá el terror, la confusión, la destrucción y la ruina».

Se negó a proseguir.

¿Era una broma de la astrónoma?

Recibido en 1938 por Benjamín Solari Parravicini:
«Oscuridad total. Después del caos del Caribe, un solo ojo
verá desde la única palmera y verá la luz del Sud. Cambios
totales en el eje terráqueo, pero el Sud será siempre Sud».

Recibido en 1938 por Parravicini: «Un planeta será herido por un planeta apagado que rueda los espacios. Ese planeta será la Tierra. La herida en el choque será en la parte sur del hemisferio Norte y arrancará gran parte de su colofón. Entonces el mundo Tierra, en el sacudimiento, dará un volcón igual al que dio cuando le fue arrancado el trozo de "América del Sud" hoy llamado en el alto "Luna". De nuevo el diluvio, de nuevo la oscuridad, de nuevo el eje en su lugar, de nuevo el rodar y un nuevo mar en el foso dejado, y de nuevo otra luna que brillará más...».

Recibido en 1972 por Benjamín Solari Parravicini: «El mundo en su Babel recibirá niebla en la noche de los humos y... ¡será confusión!».

Ya el ruido ensordece al hombre – al mundo que caé –
ya el frío le congela –
ya el humo le asfixia –
ya la niebla le confunde –
¡Llega el fuego!

«Ya el ruido ensordece al hombre. Al mundo que cae. Ya el frío le congela. Ya el humo le asfixia. Ya la niebla le confunde. ¡Llega el fuego!». ¿Hace alusión Solari Parravicini a la llegada de Gog?

= El cantar de los rios. cesará para entregar
lodo - El decir de los arroyos cesará para
entregar limo - La Vida del hombre
cesará para entregar podedumbre. El
mundo cesará su paz. para entregar
muerte -

Parravicini (1972): «El cantar de los ríos cesará para
entregar lodo. El decir de los arroyos cesará para entregar
limo. La vida del hombre cesará para entregar podredumbre.
El mundo cesará su paz para entregar muerte».

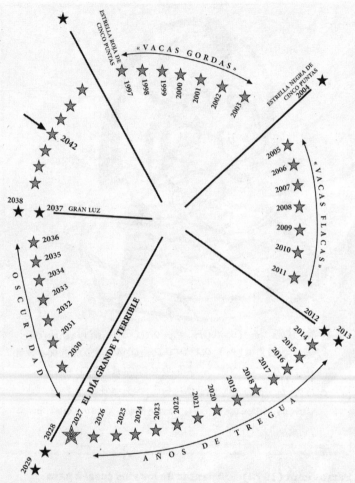

Pantáculo recibido por Anfruns. (Reproducción a color en las guardas.)

136

En esos días, cuando el periodista preparaba ya su artículo sobre Gog, decidió hacer una última consulta.

Y estableció comunicación con Marc, otro astrónomo chileno destacado desde hacía años en el telescopio japonés Subaru, en las montañas de Mauna Kea, en las islas Hawái.

Anfruns proporcionó las coordenadas a Marc y, sin más explicaciones, le rogó verificase la posible existencia de Gog, un asteroide con rumbo a la Tierra.

Marc fue rápido en sus comprobaciones.

Al poco, Anfruns recibía el siguiente mensaje: «Gog existe y se acerca... Te veré en unos días».

Dos semanas más tarde, al atardecer, Marc y Anfruns se reunían en el piso de éste, en la avenida Gabriela Mistral, en el barrio de Providencia, en la ciudad de Santiago.

Marc aprovechó unas cortas vacaciones para visitar a su familia, en Chile, y, de paso, conversar con el periodista de la agencia Reuter.

La historia contada por Marc dejó a su amigo desconcertado.

Marc era un joven serio, entregado por completo a su telescopio de 8 metros. Pasaba las 24 horas encerrado en la cúpula plateada del Subaru, a la búsqueda de planetas extrasolares. Era un tipo incapaz de inventar historias de conspiraciones. Anfruns sabía que no tenía imaginación. Por eso quedó especialmente aturdido cuando escuchó el relato del astrónomo:

—Días después de recibir tu mensaje —explicó Marc—, antes, incluso, de buscar a Gog, llegaron unos militares al Subaru.

—¿Estadounidenses?

—Eso creo. Pero no reconocí el uniforme...

—No comprendo.

—No eran uniformes conocidos. No presentaban galones ni distintivos de armas. Sólo una calavera en la bocamanga.

—¿Qué buscaban?

—Preguntaron cómo había obtenido la información sobre Gog. Y lo hicieron con malas maneras... La verdad, me sentí humillado.

Anfruns detuvo la conversación. Meditó unos segundos y preguntó:

—¿Has dicho que esos militares llegaron al telescopio antes de la búsqueda de Gog?

—Así es.

Marc no captó la sutileza del periodista.

—¿Por qué lo dices?

—Muy simple —aclaró Anfruns—. Si no habías iniciado el rastreo de las coordenadas del asteroide, ¿cómo sabían de Gog?

El silencio se tensó.

—¿Estás insinuando que controlan tu correo electrónico?

El de Reuter sonrió a la fuerza.

—Si sólo fuera eso...

Anfruns hizo una pausa. Sirvió una copa de vino a su amigo y, con la excusa de fumar un pitillo, abrió la ventana.

La luz amarilla pasó rápida ante él y se perdió en los horizontes de Santiago.

Desde el piso catorce, la vida se le antojó preciosa y única. Pero la posibilidad de estar siendo espiado le inquietó. Y no sólo por él. Lo que verdaderamente le angustiaba es que otros —todos los que le estaban ayudando en las indagaciones— pudieran salir perjudicados. Sabía mucho sobre las guerras sucias de los militares y de los servicios secretos.

«Si el correo y los teléfonos están pinchados —meditó—, los militares conocen todos mis movimientos».

Y pensó, especialmente, en la astrónoma de ALMA y, por supuesto, en Marc.

Anfruns apagó el cigarrillo y regresó junto a su amigo.

—Bien —reactivó la conversación—, dices que los militares de la calavera en la manga preguntaron por Gog...

—No —precisó Marc—. Ellos querían saber de dónde había sacado la información sobre el asteroide.

—¿Y qué les dijiste?

—Me negué a proporcionar ninguna información. Y exigí que salieran del despacho.

—¿Solicitaste alguna credencial?

—No se me ocurrió. Venían de uniforme, como te digo.

—¿Qué acento tenían?

—Gringo. Uno era negro.

—¿Y qué pasó?

—Se levantaron y se fueron. Después supe que habían hablado con la dirección de Mauna Kea.

Anfruns esperó una aclaración.

—La dirección me reclamó y preguntó qué estaba pasando. Y fui sincero, a medias... Les dije que no sabía nada sobre lo que buscaban.

—¿La dirección de los telescopios conocía la existencia de Gog?

—No parecían saber nada. Ignoro qué hablaron con los de la calavera.

—¿Volvieron los militares?

—Que yo sepa, no.

Y Marc confirmó al periodista lo que ya sabía: el desastre se registraría en nueve o diez años.

No había duda. El telescopio lo confirmó en cinco ocasiones.

Y Marc le mostró las fotografías, prácticamente similares a las proporcionadas por Stare.

—¿Qué podemos hacer? —preguntó el joven astrónomo.

Anfruns movió la cabeza negativamente y volvió a llenar las copas de vino.

—Sinceramente —replicó con seriedad—, no lo sé...

—Pero los militares lo saben —estalló Marc.

—Es evidente, y eso no augura nada bueno.

—Hay que actuar —se removió el astrónomo en su silla.

—Sí, estoy de acuerdo, pero ¿cómo?

—Muy simple: avisando a la ciencia y dando cuenta a los gobiernos y a los medios de comunicación.

—Nos tomarían por locos...

—Está claro que otros observatorios lo saben.

Anfruns asintió.

—Es preciso aunar fuerzas —se envalentonó Marc—. Podríamos convocar una conferencia internacional. Sé cómo hacerlo.

El periodista lo miró con resignación, y exclamó:

—Querido amigo: no lo has entendido...

Marc estaba perplejo.

—No has comprendido que los militares lo saben y que, por alguna razón, no están interesados en que Gog se difunda.

—Pero ¿cómo puedes decir eso?

—Son muchos años de experiencia. Los conozco. Son serpientes.

El astrónomo se negó a oír y continuó girando alrededor de la idea capital:

—Tenemos unos años para evitar el desastre... Podemos hacerlo. Debemos hacerlo.

Anfruns se levantó con la intención de abrir una segunda botella de vino.

Pero no llegó a dar dos pasos...

En esos instantes, cuatro individuos encapuchados abrieron la puerta de la calle y se abalanzaron sobre el periodista y sobre su amigo.

Y los golpearon salvajemente con las culatas de las pistolas.

Anfruns y Marc quedaron en el piso, sobre dos grandes manchas de sangre.

Marc murió prácticamente en el acto.

Minutos después, los transeúntes de la concurrida avenida Gabriela Mistral quedaron horrorizados.

Dos cuerpos habían caído desde lo alto, reventando al impactar en el asfalto.

Las paredes y los autos estacionados en las proximidades quedaron rojos...

Eran Marc y Anfruns.

Cuando la policía ingresó en el apartamento del periodista lo encontró revuelto. La caja fuerte había sido forzada, y el dinero y la computadora habían desaparecido.

La policía dedujo que Anfruns y Marc habían opuesto resistencia a los ladrones y que éstos terminaron arrojándolos por la ventana.

No hallaron huellas.

G O G

PÁJARO
TRUENO

Los primeros días de Stare y Yuri en la reserva de los sarsis, al pie de las montañas Rocosas, en Canadá, fueron relativamente apacibles.

Las mujeres vivían inquietas, pendientes de sus teléfonos y de los extraños que entraban y salían de la reserva.

Yuri era la más afectada. Apenas dormía.

Fuego Nuevo no preguntó, pero sabía que algo grave las atormentaba. Y se dedicó a proporcionarles lo único que le sobraba: su amor.

Cada vez que se reunían, las astrofísicas replanteaban la situación. Pero los resultados eran siempre los mismos: necesitaban huir de los militares estadounidenses y necesitaban huir de Gog. Pero ¿cómo hacerlo? ¿Dónde ocultarse? Tarde o temprano, los militares visitarían la reserva de las Rocosas, o algo peor...

En una de aquellas conversaciones, Stare planteó una sugerencia: refugiarse en lo más profundo de la selva amazónica colombiana.

Su padre —No English— era oriundo de un remoto paraje llamado *El fin del mundo*, no muy le-

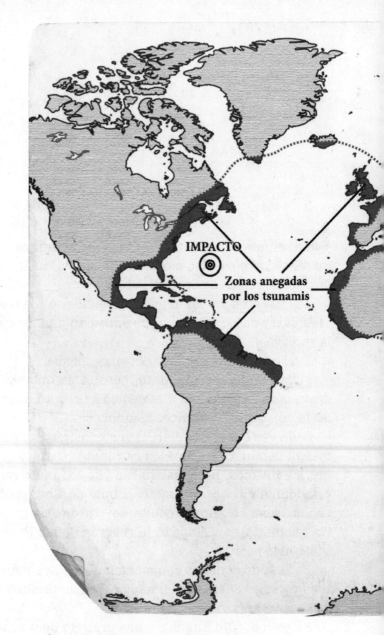

IMPACTO

Zonas anegadas
por los tsunamis

Áreas inundadas por los tsunamis.

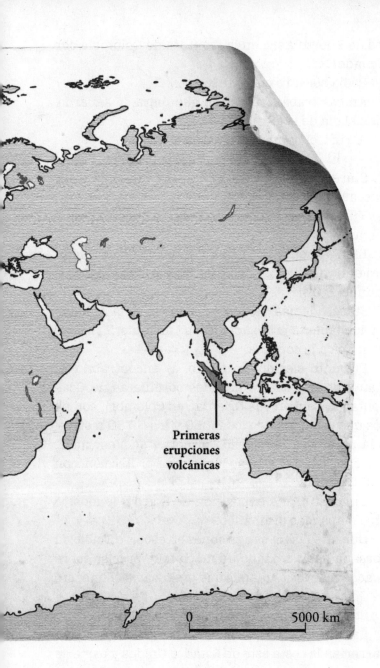

**Primeras
erupciones
volcánicas**

0   5000 km

jos de Puerto Asís, en la frontera de Colombia con Ecuador.

Podía ser un excelente lugar...

Ambas trabajarían en lo que fuera. Y aguardarían el día de la gran tribulación.

A Yuri, el nombre le pareció mágico.

—¡«El fin del mundo»! ¿Es una broma?

Stare aseguró que no, e invitó a su amiga a que buscara información.

Yuri comprobó que era cierto, y quedó maravillada.

El lugar, en plena selva y rodeado de cascadas, era el sitio perfecto. Nadie las buscaría en «El fin del mundo». ¿O sí?

Stare, además, señaló que aquella zona se hallaba doblemente protegida de los tsunamis. Y mostró un mapa a la coreana.

El punto elegido, en efecto, se encontraba resguardado por cuatro grandes cordilleras: la Occidental, la Central y la Oriental, en Colombia, con picos que oscilan entre los 3.850 y los 5.750 metros, y la cordillera de Mérida, al norte, en Venezuela, con el pico Bolívar como la máxima protección, con 4.978 metros.

Yuri ratificó la exposición de Stare y le mostró otro mapa más dramático.

Durante las investigaciones en el cerro Tololo, la coreana había trazado un mapa muy preciso sobre la acción de los tsunamis que provocaría el impacto de Gog.

Stare lo estudió detenidamente y palideció.

Las grandes olas, de cientos de metros de altura, barrerían la costa este de Estados Unidos y parte de Canadá y Groenlandia. Después, hacia el sur, los maremotos inundarían el golfo de México, América Central en su totalidad y, por supuesto, el Caribe. Ni una sola de las islas quedaría a salvo. También las costas de Colombia, Venezuela y Brasil se verían gravemente afectadas. Por el norte, parte de Islandia quedaría bajo las aguas, así como las islas británicas, parte de los países nórdicos, Alemania, Países Bajos, Francia, España, Portugal y Marruecos, entre otros lugares. La costa de África resultaría igualmente anegada.

—¡Dios mío! —gimió la mestiza—. ¡Más de mil millones de muertos en 48 o 72 horas!

—Y el caso es que podría evitarse...

Stare interrogó a su amiga:

—¿Qué dices?

—Lo sabes bien. Los militares podrían evitar el impacto.

—¿Cómo?

—Strom insinuó algo: una o dos cargas masivas de bombas nucleares destrozarían la roca y la desintegrarían. Sólo sería un problema político...

—¿Político?

—Eso entendí. Y eso es lo complicado. Tendrían que ponerse de acuerdo todos los países, pero a uno de ellos no le interesa esa solución...

—Explícate.

—Una de esas naciones aprovechará el caos para dominar el mundo. ¿Adivina cuál?

Stare no respondió y continuó estudiando su propuesta: «El fin del mundo».

Yuri prometió ayudarla hasta el final.

«El fin del mundo», además de tratarse de un paraje remoto, era un excelente refugio. Disponía de agua, comida y combustible en abundancia. Con un

149

poco de suerte podrían sobrevivir a los nueve años de oscuridad.

—Y después —sonrió Stare—: la esperanza...

Con el paso de los días, la mestiza terminó confesando a la madre lo que sabía sobre Gog.

Fuego Nuevo no se alarmó. Era como si lo supiera. Y las palabras de la hija confirmaron sus visiones y sus sueños.

Y ambas reconocieron que Michabo, el dios de la luz, les había advertido.

Stare explicó a Fuego Nuevo sus planes: escapar al pueblo de su padre, al sur de Colombia. Y la invitó a que se uniera a ellas.

Fuego Nuevo se negó desde el primer momento.

No se movería de la reserva.

Allí estaban los huesos de su marido...

Lo que sí hizo la soñadora fue convocar a un hechicero más poderoso que ella. Se llamaba Pájaro Trueno. Él traería noticias sobre la roca asesina...

A los pocos días, Pájaro Trueno se presentó en la reserva sarsi.

Stare y Yuri quedaron impresionadas.

El soñador era igualmente sarsi. Alcanzaba 1,80 metros de altura y vestía un largo abrigo blanco de piel de ciervo con ribetes de castor. Le llegaba hasta los pies.

El rostro, sin una sola arruga, mostraba las señales de la viruela y de viejas batallas contra el hambre y el frío.

Carecía de dientes.

La nariz, aguileña, aparecía perforada por un aro de hueso de casi 10 centímetros de diámetro.

El cabello, totalmente nevado, le regalaba una aureola de hombre santo. Había sido cuidadosamente cubierto con grasa de oso. Los mechones descansaban sobre los hombros.

Varios collares de garras de nutria caían sobre el pecho y advertían de su condición de soñador.

Las uñas, muy largas y pintadas de rojo, marchaban siempre por delante de él.

Fuego Nuevo habló con el gran hechicero del norte y le rogó que visitara, en sueños, a Wakan Tanka, el Gran Espíritu. Era importante que le preguntara sobre la próxima y gran tribulación.

Pájaro Trueno no mostró extrañeza, ni puso impedimentos. Sólo exigió lo acordado para aquellos casos: una cabaña y tiempo.

Yuri no salía de su asombro.

Y, durante tres días, Pájaro Trueno permaneció aislado en una cabaña de la reserva, sometido a un riguroso ayuno. Cada mañana, Fuego Nuevo le suministraba agua y un cazo con té de abedul. Ése fue todo su sustento.

Al terminar el retiro, el chamán convocó a su presencia a las tres mujeres.

Y habló así:

—Wakan Tanka me recibió en sueños... Con Él estaban muchos *dluwulaxas,* aquellos que descienden del cielo en el Aro Sagrado... Vestían ropas de plata y me miraban con curiosidad... Todos tuvieron a bien entrar en mi sueño... Y tras bailar durante dos días, el Gran Espíritu me dio a beber la raíz del sasafrás sagrado... Entonces quedé dormido en el sueño y volví a soñar...

Yuri tenía los ojos muy abiertos. Estaba desconcertada.

Y Pájaro Trueno prosiguió:

—Y vi el cielo abierto... Y en lo alto apareció el devorador... Era inmenso, como una estrella... Tenía una cabellera roja y azul... Y a una orden de Wakan Tanka se precipitó sobre las grandes aguas... Y una voz gritó: «Es el día grande y terrible... Es el día de la gran tribulación...».

Yuri y Stare se miraron en silencio.

La mestiza sintió fuego en el vientre...

Pájaro Trueno hizo una pausa y encendió su pipa sagrada. Cien perlas la decoraban. Cada perla representaba un sueño cumplido.

Dejó que el humo blanco difuminara los rostros y continuó:

—Tras la llegada del devorador, todo se oscurecerá... Y la oscuridad cubrirá el mundo durante nueve años... Será el tiempo de la maldición y de los malditos... Nada estará en su lugar... Los cadáveres serán más numerosos que los árboles de la tierra... El hombre afortunado será aquel que muera primero... Y el gran padre blanco usurpará el trono de Wakan Tanka... Después de ese tiempo de tinieblas, de horror y de sufrimiento, una luz brillará en el cielo... Será una luz como nunca se vio en la Tierra... Y Wakan Tanka, el Divino, tomará posesión del mundo...

Los ojos verdes de Stare centellearon.

—Muchos *dluwulaxas* descenderán con el Divino y se ocuparán de consolar a los supervivientes... No habrá más llanto ni oscuridad... La Tierra, milagrosamente, quedará anclada en la luz, y para siempre...

Otra columna de humo se elevó hacia el techo de troncos y Pájaro Trueno observó a las mujeres.

Fuego Nuevo tenía la cabeza baja. Sus cien arrugas se habían multiplicado.

Yuri, incrédula, lo miraba, desafiante.

Stare resplandecía.

—Y aunque el hombre no sembrará los campos —añadió el soñador—, las cosechas nacerán, una tras otra, sin interrupción... Y la vida será vida... Será el tiempo añorado de la esperanza... La gran esperanza humana...

Y Pájaro Trueno concluyó:

—Después desperté...

Al terminar su exposición, las mujeres no hicieron preguntas. No era lo acostumbrado.

Y Fuego Nuevo procedió a servir la comida a la que obligaba un ritual de aquellas características: potaje *zuñi*, a base de carne de vaca cortada en pequeños cuadraditos y aderezada con maíz verde y habichuelas; lenguas de búfalo (guisadas o crudas); perro asado; maíz seco y molido con azúcar de arce; pan de bellotas y torta de calabaza, como postre.

Al terminar el banquete, Fuego Nuevo, tal y como establecía la tradición, pagó los servicios del gran hechicero. Y lo hizo con una perla negra, regalo de No English.

El soñador, satisfecho, la anudó a su pipa sagrada. Después se alzó y desapareció.

Cuando Pájaro Trueno hubo abandonado la cabaña, Yuri y Stare se enzarzaron en una agria polémica. Fuego Nuevo se retiró, prudentemente.

—¿Cómo es posible que creas en esas fantasías? —le reprochó Yuri.

Stare, furiosa, le hizo ver que el hechicero no estaba en condiciones de «saber» nada sobre Gog y, sin embargo, había acertado en todas sus previsiones.

—Tu madre ha podido informarle —insinuó la coreana—. Sé que hablaron...

—Mi madre no le dijo nada relevante. Y tú lo sabes.

Yuri tuvo que reconocer que Stare hablaba con razón.

—Además —porfió Stare—, ¿cómo podía saber el soñador que el devorador caerá en «las grandes aguas», en el océano, y que la Tierra quedará sumida en unas tinieblas que se prolongarán durante nueve años? Mi madre no sabe nada de eso...

Yuri cedió finalmente y solicitó disculpas a su amiga.

—No entiendo lo de la gran luz —cambió de tercio la coreana—. ¿Quién es el Divino?

Stare se encogió de hombros.

Tenía una sospecha, pero la guardó en su corazón.

Y respondió con algo que Yuri ya había oído, de labios del chamán:

—Después de la gran tribulación surgirá la esperanza...

Stare rectificó sus propias palabras:

—Después de la gran tribulación, la esperanza bajará del cielo.

—No comprendo...

—Espero que puedas verlo…

Tres meses después, Stare y Yuri se despedían de Fuego Nuevo.

Y volaron al Tupumayo, en la selva amazónica colombiana.

Compraron una pequeña cabaña en las proximidades de «El fin del mundo» y trabajaron en lo que pudieron.

Stare cambió de identidad y dedicó algunos años al cuidado de las mariposas, en la reserva Paway.

Yuri encontró trabajo en Mocoa, muy cerca de «El fin del mundo». Vendió comestibles y refrescos a los turistas y se dedicó a instruir a los niños de los doce pueblos indígenas que poblaban la zona.

Fueron moderadamente felices…

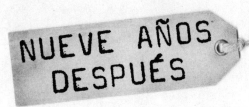

NUEVE AÑOS
DESPUÉS

El martes 5 de enero de 2027, los noticieros abrieron sus informativos con una noticia espectacular: «Un cometa se aproxima a la Tierra... Es la nueva estrella de Belén».

Ese atardecer, Stare y Yuri salieron de la cabaña, en las cercanías de la quebrada Dantayaco, y se asomaron al cielo.

Y se estremecieron...

Gog había llegado. Ya era visible a simple vista.

El viento solar lo despeinó y una larga cabellera roja y azul cubrió parte del firmamento.

La coreana, asustada, abrazó a su amiga y se lamentó entre sollozos:

—¡Ocho meses!... ¡Ocho meses para el final!

Stare la consoló:

—Sí, ocho meses para la gran tribulación... Pero después llegará Él, Jesús de Nazaret...

Una mariposa azul surgió de la cortina de agua pulverizada de la cascada del Charco del Indio y, tras revolotear en torno a las mujeres, fue a posarse en los cabellos negros de la mestiza.

En El Dueso, siendo las 11.40 horas del 15 de abril de 2016.

> **Los diecisiete errores vertidos en *Gog* han sido minuciosamente diseñados, con el fin de restar credibilidad a la presente historia.**

1. *Existió otra humanidad*, 1975. (Investigación)
2. *Ovnis: S.O.S. a la humanidad*, 1975. (Investigación)
3. *Ovni: alto secreto*, 1977. (Investigación)
4. *Cien mil kilómetros tras los ovnis*, 1978. (Investigación)
5. *Tempestad en Bonanza*, 1979. (Investigación)
6. *El enviado*, 1979. (Investigación)
7. *Incidente en Manises*, 1980. (Investigación)
8. *Érase una vez un ovni*, 1980. (Investigación). Inédito.
9. *Los astronautas de Yavé*, 1980. (Ensayo e investigación)
10. *Encuentro en Montaña Roja*, 1981. (Investigación)
11. *Los visitantes*, 1982. (Investigación)
12. *Terror en la luna*, 1982. (Investigación)
13. *La gran oleada*, 1982. (Investigación)
14. *Sueños*, 1982. (Ensayo)
15. *El ovni de Belén*, 1983. (Ensayo e investigación)
16. *Los espías del cosmos*, 1983. (Investigación)

17. *Los tripulantes no identificados*, 1983. (Investigación)

18. *Jerusalén. Caballo de Troya*, 1984. (Investigación)

19. *La rebelión de Lucifer*, 1985. (Narrativa)

20. *La otra orilla*, 1986. (Ensayo)

21. *Masada. Caballo de Troya 2*, 1986. (Investigación)

22. *Saidan. Caballo de Troya 3*, 1987. (Investigación)

23. *Yo, Julio Verne*, 1988. (Investigación)

24. *Siete narraciones extraordinarias*, 1989. (Investigación)

25. *Nazaret. Caballo de Troya 4*, 1989. (Investigación)

26. *El testamento de san Juan*, 1989. (Ensayo)

27. *El misterio de la Virgen de Guadalupe*, 1989. (Investigación)

28. *La punta del iceberg*, 1989. (Investigación)

29. *La quinta columna*, 1990. (Investigación)

30. *Crónicas desde la Tierra*, 1990. (Narrativa). Inédito.

31. *A solas con la mar*, 1990. (Poesía)

32. *El papa rojo*, 1992. (Narrativa)

33. *Mis enigmas favoritos*, 1993. (Investigación)

34. *Materia reservada*, 1993. (Investigación)

35. *Mágica fe*, 1994. (Ensayo)

36. *Cesarea. Caballo de Troya 5*, 1996. (Investigación)

37. *Ricky-B*, 1997. (Investigación)

38. *A 33.000 pies*, 1997. (Ensayo)

39. *Hermón. Caballo de Troya 6*, 1999. (Investigación)

40. *Al fin libre*, 2000. (Ensayo)

41. *Mis ovnis favoritos*, 2001. (Investigación)
42. *Mi Dios favorito*, 2002. (Ensayo)
43. *Planeta encantado*, 2003. (Investigación)
44. *Planeta encantado 2*, 2004. (Investigación)
45. *Planeta encantado 3*, 2004. (Investigación)
46. *Planeta encantado 4*, 2004. (Investigación)
47. *Planeta encantado 5*, 2004. (Investigación)
48. *Planeta encantado 6*, 2004. (Investigación)
49. *Cartas a un idiota*, 2004. (Ensayo)
50. *Nahum. Caballo de Troya 7*, 2005. (Investigación)
51. *Jordán. Caballo de Troya 8*, 2006. (Investigación)
52. *Al sur de la razón*, 2006. (Ensayo)
53. *El hombre que susurraba a los ummitas*, 2007. (Investigación)
54. *De la mano con Frasquito*, 2008. (Ensayo)
55. *El habitante de los sueños*, 2008. (Narrativa). Inédito.
56. *Enigmas y misterios para Dummies*, 2011. (Investigación)
57. *Caná. Caballo de Troya 9*, 2011. (Investigación)
58. *Jesús de Nazaret: nada es lo que parece*, 2012. (Ensayo)
59. *Rojo sobre negro*, 2013. (Narrativa). Inédito.
60. *El día del relámpago*, 2013. (Investigación)
61. *Estoy bien*, 2014. (Investigación)
62. *Pactos y señales*, 2015. (Investigación)
63. *1010 ideas irreverentes sobre Dios, sobre la muerte, sobre el amor, sobre la guerra, sobre la religión, sobre la mujer y sobre mí mismo*, 2015. (Ensayo). Inédito.
64. *Sólo para tus ojos*, 2016. (Investigación)
65. *«Tengo a papá»*, 2017. (Investigación)
66. *Mis primos*, 2017. (Investigación). Inédito.

67. *Gog*, 2018. (Narrativa)

68. *El diario de Eliseo. Caballo de Troya*, 2019. (Narrativa)

ÍNDICE